又青又痛又脆

青くて痛くて脆い

［日］住野夜 著
芮朗 译

新星出版社　NEW STAR PRESS

长大以后,我们仍未忘记那个季节。

自己的任何行动都可能给别人带来不快。

对此我深信不疑。我不过是一个刚经历过高中毕业的大一新生，这是用人生的前十八个年头才想清楚的事情。我的人生信条简单地说，就是不要轻易地过度走进他人的内心，同时尽可能不提出与他人想法相左的意见。我想只要能做到这两点，就可以大大减少因为自己的原因而使他人产生不快的可能性，在此基础上又可以减少因为他人的不快而导致自身受到伤害的可能性。

正因为对自己的信条深信不疑，所以当我第一次见到秋好寿乃时，我打心底觉得她傻极了。真想不到世上会有如此自信心过剩，还又傻又迟钝的人。

那是我步入大学后第二周的周一。漫长的选课阶段已经基本结束，这周终于可以开始潜心学习了。我怀着这种大学生最应有的想法，独自坐在大教室的角落。入学至今我没有加入大学里的任何社团，甚至也没有去参加欢迎新生入学的迎新会，所以当然不会有人和我结伴一起上课。不过，这也正是我追求的既平静又安稳的大学生活。

记得那堂课是当天下午第一节，讲的是基础课程里的和平构建论。我漫不经心地翻着教科书，等待着上课铃声响起。不一会儿，老师不声不响地走上了讲台，同时，一片紧张的寂静充满了这间全是新生的教室。

然而，刚刚高中毕业的大一新生们从未体验过长达九十分钟的课堂，在这漫长的时间里将注意力始终集中在课堂上恐怕是天方夜谭。学生们紧绷的心弦，终于还是随着时间流逝渐渐松动了，教室四处开始出现交头接耳的声音。老师泰然自若地继续讲着课，并没有特意去维持纪律。想必年年如此，他也已经习以为常了。

我也不例外，高中时的我本就无法在课堂上自始至终地集中注意力。沐浴着春日温暖的阳光，长达九十分钟的课堂就像是没有尽头的时光。那时的我绝不会想到，大学四年间的每一堂课都是如此漫长，而这样的时间体验竟要持续四个年头。

很快，坐在窗边的我就开起了小差，开始观察起了外面的世界。在窗外，学生们的欢声笑语与鸟儿的啼叫声全都融化在了春光里。

终究还是敌不过睡魔的诱惑，当我的脑袋正准备摆脱托着腮的手去贴到桌子上时，一个声音突然搅乱了这明媚的春意。

"不好意思老师，我可以提一个问题吗？"

响亮又愉快的嗓音传到了教室的每个角落。那些仍然坚持听课而没有进入梦乡的学生们面面相觑，寻找起了声音的主人。同样，我也有些在意这是谁，却没有必要去四下寻找，因为那声音就是从我右手边传来的。正在提问的是一个女生，我与她中间只隔了一个人。侧目看去，那个她正朝着天花板伸直了右手，仿佛是在夸示"我即正确"的样子。

没在听课的我还以为老师正在找学生提问呢。那个女生用热切的目光直视老师，可是年迈的老师却一脸无趣地对她说了声"有问题请待会儿再提"，便催促她把手放下。我用余光继续观察着事情的始终，她慢慢地把手收了回去，脸上露出了不甘心。或许讲台上的老师也看懂了她的表情，又补充道："现在倒也可以提问。"她的表情一瞬间恢复了活力，大声对老师表示了感谢，那声音再次响彻教室。

我想，如果那时她能提出一些让普通学生意想不到的见解，甚至与老师展开激烈的辩论，那么倒会让我觉得大学真是个藏龙卧虎的地方，也让我对大学生这个群体产生兴趣。但也仅此而已，产生兴趣似乎已经是我的极限了。

可是事实超出了我的预料。

"这世界不需要暴力。"

女生开始了她的提问，却更像是在陈述自己的观点。而那观点，说实话就像是小学生思想品德课上讲的东西。

我光是听着，都替她感到难为情。

她讲的内容，最多不过是不考虑现实的空想。老师听完她的话后也毫不隐藏嘲笑之意，评论道："如果世界上不存在暴力该有多好，这一点大家都很清楚。"我确实听到教室四处传来了讥讽的声音。"不正常。""她说什么呢？""真傻。"

跟老师的对话让她出尽了洋相，于是她便不再作声了。老师继续讲起了课。而课堂内浮现出的氛围，就好像既完全无视了她的存在，又同时在嘲笑着这个教室里的某个人一般。

那之后，我又仔细地看了看她。不是因为我好奇这个打断讲课也要发表自己意见的女生长什么样子，只是我有个坏习惯，总想观察那种人们因说了傻话而遭到否定后生气尴尬的表情。

瞥了一眼她的脸色，虽说确实没有让我失望，但又让我非常意外。因为此时的她正目视前方，露出一副好似很受伤的表情，仿佛经受了巨大的打击。

那些极力想表达自己的人，我以前也见过，还私下里给他们下了定义。我一直认为，他们只不过是一群盲目相信自己，同时又会对身边不理解他们的人表示出不屑的家伙。但是在她的脸上却看不到那些人常见的被否定后的愤懑，这出乎了我的意料。

即便不打算与她有什么交集，她那时的表情却也让我多少产生了一点兴趣。

即便如此，这件事对于我最多就像逛街时耳边传来了奇怪的音乐，这种好奇心是持续不了多久的。在下课铃声响起的瞬间，课上发生的这些便都被我抛到了九霄云外。

我填完了反馈课堂感想的小问卷后就离开了教室。因为没有选下午的第二节课，所以现在正好有空，我打算先去食堂补一顿中午饭。

尽管不是用餐的时间，大学的食堂里依然有不少的学生。我还没有完全适应这样的氛围，不由得有些紧张。端着刚点来的每日套餐，一个人的我挑了窗边的四人桌坐了下来，合十双手祈福后，刚喝了一口味增汤。

"同学，你是一个人在吃饭吗？"

这样的话语以往就是食堂这个场景中的杂音，与我没有一点关系。心无旁骛地吃着套餐里的炸鱼排的我，完全没有想到这句话竟是对我说的。一口下去，满是酥脆的声音。就在我沉醉于食物的美味时，突然有人戳了一下我的肩膀，吓得我把炸鱼排都掉到了盘子里。

我拿着筷子抬起头，发现眼前这个人更是令人感到意外。竟然是刚才在课上发言的那位"不正常"的女生，她正端着咖喱猪排套餐站在我旁边。无法理解情况的我来回看着她的脸和她端着的咖喱猪排饭。

"同学，你是一个人在吃饭吗？"

她又问了一次。这时我才反应过来，刚才的那句话原来是对我说的。

"啊,一个人。"

想不明白她为什么要找我搭话,可是我也没必要说谎,所以点了点头回答了她。见我这样,她的脸上绽开了笑容,露出洁白的牙齿,红晕的脸颊充满了活力。就这样她自然地坐到了我的对面。

"刚才上课的时候你就坐在我旁边吧?我也是一个人来吃饭,要是方便的话咱们俩就一起吃吧。"

真的假的?鉴于刚才在课堂上她的表现,我想她一定是那种对自己过度自信的人。所以她的这个提议让我有些不知如何是好。

但我并没有拒绝她,这也是因为我的人生信条。依照我的信条,不反驳他人的意见比和他人保持距离更重要。所以那天那时,也抱着这种心态的我,无法拒绝她。

"好,好的……您请坐。"

她有可能是学姐,所以我尽可能礼貌地回答了她。我猜测,她之所以能如此自然地跟我搭话,是想到会选刚才那节课的一定都是大一新生,也就是说我比她至少低一年级。另外,我猜想她会突然跟我这个陌生人一起吃饭,肯定不会是因为她没有常识,而是因为她是高年级的学生,已经完全适应了大学生活,所以才会在新生面前表现得如此游刃有余。

"说话不用这么礼貌,你也是大一的吧?"

"我是……"

"难道说您是学长?"

她微微地吐了一下舌头,大大的眼睛里透露出慌张,仿佛是觉得自己把什么搞砸了。看到她这副样子,我在心里已经基本断定她就是没有常识,不如赶紧换个地方继续吃饭。可是我没有必要对她撒谎,于是摇了摇头。

"我也是大一的。"

"啊!太好了!吓了我一跳,我还以为刚上大学就要出丑了。"

她把手扶在胸口,夸张地深呼了一口气。我却心想,难道刚才课上的那一幕不算是出丑吗?

"不好意思啊,这么突然。我在大学里还没有熟人,说实话挺不安的。来食堂吃饭,正好看见刚才课上坐在旁边的你,就来找你搭话了。真不好意思,没吓到你吧?"

实话说,确实吓到我了。

"没,没关系的。"

"太好了。对了,我叫秋好寿乃。"

她突然开始自我介绍了起来,这让我觉得她肯定是自尊心很强的那种人。

"我是政经学院的,你呢?"

"我是商学院的。"

"是这样。你叫什么?"

"我,我姓田端。"

"Tiánduān 同学，不好意思突然找上你，以后还请你多多关照。"

秋好快速地点了一下头，及肩的长发随之摆动起来。我也随着她俯首行了个礼。在这种突发情况下，配合他人的动作大多会有好的结果。

"那 Tiánduān 同学，能告诉我你的名字吗？"

"这个……"

我犹豫了一下。她只是问了我一个理所当然的问题，这不能怪她。

就个人而言，我并不喜欢自己的名字，因为它比较特别，不像是该给男生取的。如果我长相英俊一些，倒还可以因为自己有个漂亮的名字而感到高兴。或者说，如果我是一个满身肌肉的不良青年，却有这么一个漂亮的名字，那么反倒能让周围的人因为这个反差而觉得有趣。然而，上述这些都与我相去甚远，所以我不太愿意报上这个与自己不怎么搭的名字。

但是，我也没有无视他人提问的勇气。

"枫……"

当然，自己的这种纠结对于别人来说可能根本就不是问题。

"Tiánduān Fēng。字怎么写呢？"

"是种田的田，两端的端，枫树的枫。"

秋好从她的挎包里掏出了手机，用熟练的动作点了点屏幕,又放回包里。挎包的背带勒进了她的肩头。

"保存好了。"

她又露出牙齿笑了起来,眼睛眯成了两弯新月。然后她拿起了勺子,开始品尝那份让人期待的咖喱猪排。看完她这一连串的动作,我移开了视线,也吃起了自己的炸鱼排。

"我都要饿死了,刚才上课的时候肚子也一直在叫。不会让你听到了吧?"

"没、没听到。"

上课的时候我根本没有注意到她的肚子叫还是不叫。

"那就好。我平时就挺能吃的,要是这次吃得比你还多,真怕会吓到你。"

"这样很健康啊。"

"高中的时候也算是足球队的成员,当时就吃得很多。我现在真的该少吃点了。"

她说"也算是",可能表明她高中时所在的足球队实力不强,不过分在乎胜负。她说要"少吃点",也就是说她在大学期间不打算继续踢足球了。我在心里自行得出了以上这些解释。

"田端同学平时会做什么运动吗?抱歉哦,突然这样问。"

看来她也懂得去考虑别人的感受。如果只从她刚才在课堂上的表现来看,我还以为她是那种会随意踏入他人内心的人，看来她至少还懂得进来前要先敲下门。

"没关系的。我高中的时候也没有特别参加什么运动。"

"那是加入了文艺类的社团？"

"不，我是回家社的。"

"那现在有加入哪个大学社团的打算吗？"

"可能有吧，现在还不确定。秋好同学呢？"

"我是打算加入，但是大学里的社团太多了，如果再加上那些非官方的社团，数都数不过来。所以我现在还在犹豫，不过倒是对模拟联合国挺感兴趣的。"

"模拟联合国？"

我重复了一遍秋好的话。看到我的反应，秋好又补充了一句"是啊，可有意思了"，然后专门给我讲解起什么叫模拟联合国。

简单地总结一下秋好的说明，模拟联合国指的大概就是对国际问题感兴趣的同学们各自代表不同的国家坐在一起，像真正的联合国一样去讨论国际问题。原来如此！我感到自己对秋好的印象开始逐渐成形了。

"田端同学觉得这样的社团怎么样？"

"看样子就像是比较复杂的TRPG。"

我对模拟联合国没有什么了解，也没有理由去肯定或者否定它，所以就随意说了一句。于是这次轮到秋好重复我的话了。"TRPG？"鉴于刚才秋好的耐心讲解，我也不得不给她说明，于是我尽可能客观又简要地解释了什么叫 TRPG。

"总之，就是一种有各种角色扮演成分的游戏。差不多就是这样。"

"是吗？你说得还挺有意思的。要是我玩这种游戏，一定要扮演勇者。"

秋好一边说着，一边拿起沾着咖喱的勺子举到眼前，就好像她手中的那把勺子是一把勇者之剑一样。看到我的说明能让她这么开心，我多少感到有些意外。

"模拟联合国就是你说的这种感觉，有兴趣的话我们一起去看看？"

"不，还是算了吧。不好意思。"

我不想在参观了社团之后又不加入，不想看到社团里的人被拒绝后的遗憾表情。即便他们不表露在脸上，我也不愿去想象他们内心的遗憾，或者是不管我们加入与否他们都无所谓的态度。

但这样拒绝秋好随口提出的邀请，也已经轻微地违背了我的信条。不过秋好当然不知道我心里的想法，她只是把双手合在胸前，笑着对我说："没关系，我不该一下子就讲这么多。"看来她也很清楚自己性格里的优点和缺点，这让我对她稍微有了些好感，但也仅仅是一点好感。

"没事，我才应该道歉。我并不是讨厌加入社团。"

"真的吗？那太好了。因为周围的人经常觉得我太没常识了。"

其实我也是这样想的。看到她爽朗的性格，我还以为她不会在乎别人的看法，所以看到她松了一口气的样子，着实让我有些意外。我猜想，她就是那种只在能够接纳她的人面前才会表现得如此兴高采烈的人。

刚才那句"并不是讨厌加入社团"可能又让她提起了兴致，那之后她又问了我很多问题。我尽可能地回答了她，同时也了解到了一些她的情况。

她是茨城县人，从高中直接升入大学。和许多大学生一样，目前一个人在校外租房生活，正在申请在课外辅导班打工的机会。喜欢看热血漫画，爱吃竹夹鱼罐头。

光看这些信息的话，我会觉得她只是个普通的大学生。但是因为她给我的第一印象是上课时的那个样子，所以我总是难免会给她加上"没有常识的人"的滤镜。而且我也不觉得有必要去修正这种"不正确"的看法。

"那我先走了，下回再见吧。"

据她说，她下一节课所在的教室离食堂很远，所以要先走一步。看她站起身，我便对她摆了摆手："那下回见。"话虽如此，我当时的感觉是和她肯定不会再见了。这并非是因为我性格冷酷无情。

秋好这样健谈的人，肯定马上就能找到更好的聊天对象，然后忘记我这个只是用来填补友情空白的人。迄今为止，我已经多次被用来填补空白，被他人当作交到朋友之前的"应急措施"，而且我也理解他们的做法。

所以，那时的我确信不会和秋好有"再见"的机会了，也就更不需要去认真理解她这个人了。

可是……

都不用等到下周的周一，为了去听周五下午的第二节课，我来到了一间可以容纳五十人左右的教室。进去之后我赶忙向最后一排走去，找到一个位置坐下。而同样在教室里的秋好正坐姿端正地等待着上课，看到我从教室前门进来，她急忙朝我挥了挥手，还特意走到最后一排坐到我的旁边。

"田端同学，好久不见。"

"好，好久不见。你也选了这堂课啊。"

"是啊，我都没注意到又和你选了一样的课。"

我想秋好肯定是和朋友一起来上这堂课的，所以才特意跟她保持了距离，可她竟然坐到我旁边来了。

看来是我考虑得太多了。

当秋好正在向我抒发她被课外辅导班录用的喜悦时，上课铃响了起来。看样子她是一个人来上课的，并没有其他的熟人。

听到上课铃声，秋好立刻停下了闲聊，笔直地坐起来朝前看去。虽然我没有她那样认真，也还是目视前方听起了课。同时，我在脑海中漫不经心地想到，竟然真的和秋好这个人"再见"了。

后来我发现，自己真不该去考虑她有没有跟朋友一起来上课的事。因为当课程进行了一个多小时之后,我终于明白了她没有朋友的最大原因。

耳边有熟悉的声音响起。

"老师,我可以提个问题吗?"

完全一样,这一次我根本不需要特意去寻找声音的主人。真的还是假的,我在心里想。提问者这次也在我的旁边,而且我也认得这个声音。

我侧过头,看到秋好又笔直地举起了手。

这堂课的老师要比上一回温柔得多。"好啊,学生交了学费就是要参与到课程里来。你有什么问题?"老师允许了秋好的提问。

"谢谢老师。"

对于秋好向老师道谢后打算说什么内容,我的头脑里出现了一种预感。可当听到她确实说出了那预想中的问题后,我又后悔起来。

说是提问,实际上她不过是再一次道出了她那套主张。她用响彻教室的声音,再一次谈起了她孩子般的空想。

这一次我没有再把她当作傻瓜。她的行动已令我目瞪口呆。因为之前在食堂的对话,让我以为她是个正常人,看来是我误会了。

但看样子,我惊讶得还是太早了。我听到教室的某处传来了一句话,让我不想相信自己的耳朵。

"这都第几次了。"

理解了这句话的瞬间，我慌了起来。

难道是说我身边这个人，每节课上都在讲这套话……？

我想我不得不重新审视秋好这个人了。

她不是没有常识。她是不大正常。

我真不该和她扯上关系的。

那之后我尽可能装作认真听课，极力不去看我旁边这位不大正常的女生。怪不得没人愿意跟她交朋友，怪不得会特意记住我这个人，还过来热情地搭话。简单地说，就是因为对于她，周围的同学们都比我更有戒心。

我怎么犯了这种错误！不知道现在补救还来不来得及。今天的老师和上次课的一样，面对秋好的提问只得苦笑，又不忘添一句嘲讽。看到这些，我开始拼命地考虑如何才能摆脱秋好这个人。

快走！我决定直接逃离。下课铃一响，我赶紧站起身来，把早就写好课堂感想的问卷交上去，就急急忙忙地逃出了教室，丝毫没多看秋好一眼。我想着这下暂时可以放心了吧。等下周一上课的时候，我一定要尽可能晚地走进教室，然后尽可能坐得离秋好远一些。下周五的这堂课也是一样。这样下去的话，秋好肯定就能把我遗忘。毕竟这所大学里的人太多了。

所以，没有必要一定找我当朋友。

然而这个时候，我完全无法理解的状况出现了，秋好正追着我跑过来。

"为什么……？"

"什么为什么？"

"……没事,我只是在想些事情。"

不知不觉间,从与秋好相识的那天算起已经过了两个月。又是周一下午第一堂课之后,我与秋好正一起吃着略迟的午餐,这好似已经成为了习惯。

因为一些自身的原因,我仍无法做到拼尽全力与主动接近我的人划清界限。所以,我现在依旧和秋好保持着目前这种关系。

我夹起每次必点的炸鱼排,又把它放回了盘子上。

"我说,你上课的时候能不能别再那么引人注目了?"

"田端同学,我说过很多次了,这样做不是为了吸引大家的目光。我是想明确地得到正确的答案。"

"结果还不是很抢眼。"

现在的我已经清楚,只是跟她聊天的话并不会带来什么特别的危害。

"而且让讲课的老师正确地意识到,有的学生会持有不同于教科书的想法,这对老师和学生都好啊。刚才上课的时候，我就在想，虽然大家都觉得我说的内容是空想，但这就是人类的理想啊。既然这是理想，我们就应该朝着它努力才是。为什么大家都嘲笑这种想法,说它是空想呢？比起所谓战争背后的和平，肯定还是和平背后的和平要更好。这就是我的看法。"

和她聊天确实没有什么特别的危害，但如果和她成为朋友的话，肯定少不了麻烦事。

我又一次夹起炸鱼排吃了起来，以此表示我不想发表意见。

如果我不经思考地随意提出什么意见，被秋好捕捉到我的言语中她无法接受的观点，那么她肯定又要不停地争论下去，直到双方意见统一为止了。她这样做并不是因为想要说服对方，而是想通过了解他人的不同看法来打磨自己的见解。她这一点真的让人很难接受。也正是她的这种性格，导致周围的人都对她敬而远之。当秋好不在场的时候，我已经好几次听到别人说她的坏话。

"理想还是得追求到底啊！"

秋好用那格外明亮的目光看向我，眼睛中满是纯粹与坚定。而我只能像往常一样，用沉默来回应她投来的耿直目光。于是我戳了戳盘子里的沙拉，就像要以此逃避她的视线。

这两个月以来，在这份目光的注视下，我始终没能与她断绝联系。

每周与她的几次见面，让我在不经意间，从她那麻烦的个性中发现了一丝纯真。

"把实现理想作为自己的信念，并为之努力打拼，坚持下去的话，理想最终就会成为现实。"她的这份纯真，实在是青涩又易碎得让人无法直视。觉得她的想法青涩，其实是因为过去的我也曾这样坚信过。而就在这一刻，我发觉了往昔的自己是多么脆弱，也感觉到现在的她是如此的天真。若只是在远处旁观的话，我一定能从容地当她是个傻瓜。但她的纯真却近在咫尺，至少就我个人而言，已经无法对她和她的想法视而不见了。

如果现在提出与秋好一刀两断的话，会让我被秋好讨厌，而这不是我想要的。如果秋好能主动与我断绝联系就好了，我时常这样想。一直以来，正是这样可有可无的相处态度，才让我在与他人交往时有了更多回旋空间。然而，秋好不仅没有主动与我保持距离，甚至还接受了我的"友情"。结果两个月过去了，周围已经开始有人议论起了我。

这绝对不是我想要的大学生活。

"国际关系研究会那边怎么样了？"

"呃，去那边看了一下，但是我与那里的氛围似乎不太搭调。"

虽然秋好是若无其事地笑着对我说的，但我早就体会到了她的心情。

肯定是因为那个社团里已经有人把她拉进了黑名单。

秋好多次打断老师的授课，有一次一个高学年的学生甚至直接讽刺了她的这种做法。而她在之前提到的模拟联合国那边似乎也发生了些不愉快的事情。

"那你还打算再去哪个社团试试吗？"

"嗯……升上三年级之后肯定会有很多研讨会要参加，我现在觉得大学前两年用来好好学习也不错。"

虽然这样说，但秋好的脸上却微微露出了遗憾的表情。

"你若是一定想参加一些活动，那就自己组建个社团不也挺好的吗？"

我半开玩笑地提出了这个建议，希望以此来安慰秋好。刚把汉堡放进嘴里的秋好突然叫了出来。

"哎！"

"……怎么了？"

"是啊，我们可以自己创建啊！"

秋好咽下嘴里的食物，又用那耿直的目光看向了我。瞬间我就明白过来，自己说了不该说的话。

"对啊，我们能自己创办社团。为什么我没早点想到呢？"

秋好掏出笔记本，飞快地在上面写了些什么。

"为什么一定要浪费时间来等别的社团接纳呢？自己创造一个能够身处其中而感到心情愉快的空间不就好了。怎么没早点想到呢？太谢谢你的主意了！"

她说得兴致高昂，脸颊都泛起绯红。

"我只是随口说说的。"

"申请创办社团要多少个人?好像需要五个。我回去再好好查一下。那现在算上咱们两个人,还得再找三个。"

"你的意思,是把我也算上了?"

"这不是你的建议吗?而且我和枫的关系不都这么好了嘛!"

那个时候,秋好已经开始偶尔直呼我枫。她这样叫,要么是有求于我,要么就是觉得强我所难心有愧疚。

为了不过分打击秋好的热情,我做出了配合她的表情,但还是说道:

"这事儿太麻烦了……"

"社团的活动内容咱们就先随心而定,绝不做不喜欢的事。一定要把活动范围定得非常广。——啊,可这样的话不就和那些陈腐的大人们一样了嘛,这可不行,一定要贯彻我们自己的信念。"

秋好脑中的想法正在不停地膨胀。而我就在离她最近的特等席观察着这一切。

"你说的信念,指的是什么?"

"用大学四年的时间成为理想中的自己。"

"啊……"

我心想,这家伙究竟在说什么异想天开的傻话。光是听到这个答案,我都要忍不住难为情地笑出来了,但出于礼貌,还是强忍住了。

如果让她觉得我这个"假扮的友人"已经完全接受了这套缺乏常识的信念，那么她肯定就要强拉我加入这个莫名其妙的社团了。因此，我用不带轻蔑的语气，对她提了个饱含轻蔑的问题。

"从以前我就很好奇，你是怎么能每天都活在这些奇思妙想里的呢？"

其实，我更想对她说的是：我做不到，所以就不参加了。

"这也算不上什么奇思妙想，还只是停留在想象中。但是任谁都会去想象一下理想中的自己吧。"

我不会。我最多也只会想想毕业后找什么工作，绝不会像秋好那样将每一天用在把自己塑造成为理想中的自己上。

"嗯……这种积极向上的东西我平时很少去考虑。"

"这算是积极向上？倒不如说我不喜欢现在的自己，这应该算是消极的吧。我不想成为那种到处看人脸色、八面玲珑又追逐权势的大人。要是让我那样的话，还不如去死呢。"

周围的大人倒都很希望你能成为那种人——这是我这个"假扮的友人"的看法。

"还有就是'理想中的自己'说的也不是当个伸张正义的英雄之类的。即使目标很小也没关系，比如给自己定个规则。"

"给自己定规则？"

"对,比如绝对不随手乱扔垃圾之类的,这种程度的事情就足够了。你肯定也有这种给自己定的规则吧?"

她又向我投来了那耿直的目光。我正打算说些什么敷衍她,但当视线遇到那目光的一刻,我闭上了嘴,看向别处。

给自己制定的规则。我的确有着自己的人生信条。我犹豫着,不知道该不该告诉她。

如果她听过之后想与我保持距离,那我的损失也不过是少了些每次上课时被人瞩目的时光。

这样一想,我还是下定决心将我的信条告诉秋好。

"可能跟你说的规则不太一样,但我每天都注意着不过度走近他人,以及不正面否定他人的看法这两件事。因为我觉得只要做到这两点,就能减少让他人生厌的机会,最终也能保护自己。"

听完我简短又无聊的发言后,秋好脸上出现的表情我到现在都还清楚地记得。她睁大了眼睛,陷入了沉思。本来,秋好为了实现她的理想,就要不断地宣扬自己的主张,这与我的人生信条是互相矛盾的。所以她突然无话可说也是理所当然的。

"……哎,你也太温柔善良了吧!"

然而,秋好睁大眼睛,这样回答了我。

"那也就是说你不想去伤害任何人,对吧?我还是头一次知道你的这个想法,你可太温柔了。"

"这不是什么温柔善良。"

"不，我觉得这就是。哎，能这样可太厉害了。"

秋好一再用力点头。

我还是第一次被别人如此肯定。

她又用那种目光看向了我。每次她这样，我都没有办法对她所说的话置之不理。

我在感到羞涩的同时也想到，可能我的心里多少还是有些温柔存在的。

"我还是希望你能和我一起创办社团。"

秋好的视线又升温了几度。

"……可是我不想太引人注目。"

"那我们就秘密地进行活动，找到一个我们都能接受的方式。也可以是一个秘密社团。"

"秘密社团？"

从秋好嘴里说出的这句话过于幼稚，让我差点笑出了声。这回就算是她也觉得有点害羞了，把脑袋扭向一边，双手捂住脸，补充道："我就是举个例子。"难得看到她慌张的样子，真的让人忍俊不禁。

"那我考虑考虑吧。"

"嗯。"

"那我们这个秘密社团该取个什么名字呢？"

为了戏弄一下秋好，我问出了这个问题。秋好噘起了嘴。

"那就取一个代表目的与活动方式都很隐秘的名字。"她指着我身上的 T 恤说道。

"摩艾。"

在这件我随手买的T恤的胸口位置上,印着用抽象画法画出的一座摩艾石像的侧脸。

这种随意的设计风格,让不喜欢深入接触事物的我感到很舒服。

可能一切的开始就是以这一天为契机的。

从这天起,我和秋好的会面突破了以往的频率,愈加频繁。

有时我会觉得,我和她之间的"友人"关系或许已经可以卸下"假扮的"这个前提了。

这不是我入学当初想要的大学生活,但却是一段快乐的时光。

被动的我即使保持沉默,秋好也总会给我的世界带来新的元素。

有时是这样的。

"枫——"

"嗯?"

"来,茄子。"

在大教室上课时,我们一如既往地并排坐在了一起。秋好突然叫着我的名字,把肩膀凑了过来。我还没来得及反应,她就已经摁下了数码相机的快门,拍了一张合影。

"你在拍什么照片?"

"这是我新买的数码相机,不错吧?待会儿我把照片发给你。"

"这是在拿我试拍吗?"

"没错。我现在就得磨炼摄影技术,以备不时之需。"

语气越来越不客气的秋好在那之后把照片发给了我。照片上清晰地印着吃惊地看向秋好的我,还有满面笑容的她。从此以后,作为摩艾活动的一环,我经常被迫跟着秋好四处拍照,但回想起来,我和她的合影倒只有这一张。

还有的时候是这样的。

"我做了这个!"

"这是什么?"

我收下她手里的东西一看,那是用塑料板做的钥匙链,上面的图案是一座扭曲的摩艾像。

"做得不错吧!戴上这个我们就是同伴了。要不就挂在你的包上吧。"

"呃……我们不是秘密组织吗?怎么能这么显眼。"

"可是,现在还要说这个吗?好吧,我来帮你取下来。枫可真是个谨慎的家伙。"

到了这个时候,秋好已经开始只叫我的名字了。最终我还是把那个钥匙链和钥匙串在了一起。但这事一直没告诉秋好。

有的时候是这样。

有的时候是那样。

还有的时候……

秋好的大学生活有相当一部分时间都用在了和我一起进行的各种活动上。有一次我问她：

"你不用去和别的朋友一起玩吗？"

"我更喜欢和男生一块玩。这样既轻松也不用考虑太多。"

我想，也许秋好的身边并没有多少朋友吧。而且像秋好这种性格，的确不适合到女生的圈子里去。

秋好的脸上也不是一直都挂着笑容。她有时会对着新闻皱起眉头，有时会因某人的看法愤愤不平，还有时会因为他人的讥讽而受到伤害。当我意识到这些时，早已把那个最初想尽办法避开秋好的自己抛到了九霄云外。

我已经可以认同她、信任她。她对理想和真相的追求，以及她的幼稚与荒唐，这些都是我的性格中所不具有的东西。

"枫，谢谢你能接受我。"

从我们的相遇算起已经过了很久。我记得那天正好是和她去了某个美术馆，在回来的路上她突然这样对我说道。

"你指什么？"

"你之前不是说，为了不伤害别人，你一直都在尽力避免与他人深入接触嘛！真是这样的话，那最开始我跟你搭话的时候，你就该说个谎，然后明确地拒绝我。谢谢你愿意成为我的朋友。要是没有你在的话，我的大学生活得多寂寞啊。"

当时,我已经不会觉得她说的话令人难为情了。可以把想到的事情都付诸言语,这就是我的朋友,是我认识的秋好。

"你这是怎么啦?突然这么肉麻。"

"你难道不该感动一下吗!?"

我到现在还清晰地记得,我们曾那样欢笑过。

那时笑靥如花的秋好,如今已经消失得无影无踪。

早上一睁开眼睛，我很快就想起了这一天内不得不去完成的麻烦事。

无论多么不情愿都要爬出被窝，只是完成这一个动作就好像要用光一整天的力气，我不由得叹了口气。

即便如此，还是要认真地换上正装，提起公文包，踏出家门。我走在路上，思考起如今的我究竟在靠什么驱动着自己的身体。恐怕，只是社会性和朦胧的不安。

在赶往车站的途中，我买了块面包匆匆塞进肚子里，然后和出门较晚的上班族们一起挤上了地铁。车厢里这些身着西服的人们，都好像背负着比自己手中的公文包更沉重的东西。

又到了这几个月以来经常下车的地方。每次到了这个位于中央商业区的车站，就不能再放任脸上的肌肉继续松弛下去，得尽可能做出一副"无论身处哪里，也无论是谁怎么看我都无所谓"的轻松，还要把这份轻松努力地写到脸上。

走出车站的闸机，我掏出手机确认了一下今天要去面试的公司的具体位置，并又确认了一遍这些公司的名字和业务类型。因为每一天都要往脑袋里灌进大量这类的信息，这让我有时候甚至会对不上它们各自的名字。尽管我对这些企业的情况知之甚少，但只要在面试时灵活地应对，自己的无知就不会暴露给面试官。即便露出马脚，也还可以通过相应的技巧蒙混过去。

　　我沿着地图的指示，顺利地提前十分钟到达了公司所在的大楼。在这里工作的人们，每天究竟是以怎样的心情进出这栋望不到顶的建筑的呢？我猜想，他们多少也在靠这栋大楼维持着自尊心吧。

　　我挺直了脊背，嘴角挤出微笑，踏入了这座要塞。穿过两扇自动门，我向着宽阔的电梯间走去，看到有两个人已经站在电梯门口。一边是笑容灿烂的近三十岁男性，另一边是身着正装的女性。我一眼就看出他们分别是招聘官和求职的学生。我对求职的学生整体上没有多少好感，便特意与他们拉开了距离。

　　即便如此，在电梯下来之前我还是不得不在一旁听着他们的对话。令我困惑的是，这个招聘官的态度过于亲昵，而同时这个求职学生的说话方式更是过于谄媚。心里正想着他们莫不是在搞什么潜规则时，电梯门开了，我率先走了进去。

　　我等在电梯里，本以为他们两个也要搭上来，这时求职的学生突然低下头，道谢的同时他们开始互相告别。结果，只有招聘官朝着我走了过来。看来似乎是有一场面试刚结束。

电梯门就快关上了，但这两个人仍没有结束话别。正犹豫着要不要再摁一次电梯的开门键时，我从招聘官的嘴里听到了一个熟悉的词。

"那我们下次在摩艾的交流会上再见吧。"

瞬间，我明白了他们的关系，这让我感到非常不快。当然，我没有将这种不快表露给擅长捕风捉影的招聘官，毕竟他是社会人士。原来是这么回事，那个求职的学生也是我们大学的。

社会人士到了三层就走出了电梯，之后一直到我要去的九层为止都再没有人进来。我趁现在赶紧叹了口气，又做了一次深呼吸，挺直脊背，换上了该有的表情。

刚迈出九层的电梯门，工作人员就迎了上来。我面带微笑地走近她，报上自己的名字。

"我是今天到您这里来面试的田端枫。"

这位接待员的演技也绝不输我，满面笑容地把我带到了等候室。

等候室里还有两名学生，他们和我一样绷着脸上的笑容，就好像这表情已经定形而无法复原了一样。

我再一次体会到，正在求职的应届生实在是一个令人厌恶的物种。

＊　＊　＊

分明没干什么体力劳动，但是回到住处后还是感到疲惫不堪。

今天，我在结束了那家公司的面试后，又去听了一场招聘说明会。

我松了松连日佩戴却仍无法习惯的领带，一走进卧室，也顾不上去在意是否会压皱正装，就倒在了地板上。明明充了三年的电，现在就要用尽了，感觉自己就要被求职活动压垮了。

所以，那个电话来的真是时候。

我坚持等到电话铃响到第三声才接了起来。

"您好，我是○○大学的田端枫。前几天麻烦您了。谢谢。好的、好的。还请您多关照。好的、好的。那我就先挂了。请您多关照，再见。"

放下电话后我才注意到自己在不经意间跪坐了起来，于是就这样顺势放松全身，又躺倒在了地板上。现在已经不需要去在意正装的褶皱了。

这通电话是我前几天面试过的公司打来的，他们对我说，希望我到他们公司就职。

也就是说，我有工作了。

"太棒了……"

我紧盯着矮矮的天花板，嘴里下意识地说出了这句话，但事实上却并没有感到多少喜悦。这不是因为这家公司并非我心仪的归宿。愿意录用我的这家公司规模大、声誉好，我已经很满足了。我松了一口气，终于可以逃离面试的苦海了。但这种安心也仅是一瞬间，马上就要走进社会带给我的不安要强烈得多。只是知道人们在获得 offer 时都会发出这种高兴的感叹，就也这样说了出来，然而，我却体会不到任何喜悦的心情。

五月的气温已经转暖，或者就这样在地板上睡一觉算了。虽然有这种想法，但我还是站起身来，决定先把该做的事情处理完。换上汗衫，我从隔壁厨房的冰箱里拿出一罐啤酒，走向电脑桌，敲起缺了一个 Shift 键的键盘。打开电子邮箱，我开始给之前面试过的几家公司的人事部门发邮件，当然也包括今天面试的公司，告诉它们我不会再继续参加今后的二次面试了。

我拉开易拉罐的拉环，咽下一口啤酒，尝试着想象那些人事部门的工作人员在收到求职学生发来的这种不再接受二次面试的邮件时会是什么感受。恐怕仅仅是排除法里少了一个选项罢了，这样一想，我又感觉轻松了许多。

罐中的啤酒才喝下一少半，眼前突然开始晕眩。我不讨厌酒精，会头晕只是因为酒量不大，再加上这些日子以来积攒的疲劳。我把全身的重量都靠在椅背上，再一次看向天花板。

天花板是一片虚无的白色。我曾尝试过一次吸烟，但终归以不喜欢而告终。

我拿起手机给董介发了条短信，告诉他我已经找到了工作。"恭喜啊！"我立即收到了他的回复。在董介的面前，我可以无须伪装地表达自己，这让我感到很放松。

把手机放回桌子上。

脑袋却开始不听指挥地回顾起这段时间的奋斗。

我感到，找工作就像把真实的自己掩藏起来，再操控着一个伪装出来的自己，去一次一次地与同样也伪装着的他人竞争。这样做，疲惫是不可避免的。

不同于只说一次的谎言，这种需要伪装自己的情况只会变本加厉。本以为在打工时已经让自己积累了这方面的经验，如今看来是太过天真了。

如果未来的人生主题是成为一名社会人的话，那么这也是无可奈何的。每个人终究都会变得不属于自己。

因此，董介给我发来"恭喜"二字肯定也是在对我说：干得好！你已经突破了第一关，接下来还有更残酷的试炼在等着你。想到这些，我就不知该如何回复他。

喝完了手里的这罐啤酒，我起身去取第二罐。

厨房到卧室只有几步的距离，我手中握着冰凉的啤酒，身体却失控地晃了起来。踩到散落在地上的废弃简历，身子一下子滑了下去。我赶紧抓住椅背，避免让自己仰面朝天地摔到地上。

拾起地上这些差点把我送进医院的简历，那纸的手感过于光滑。本想着就扔掉算了，但我还是把它们捏在手里，又坐回电脑前。

我看着手中的简历和自己用工整的字迹填写的表格，读起了"自我展示"栏的内容。

> 生命的价值在于用劳动为他人创造美好。
> 仰望星空，脚踏实地。
> 沟通产生共识，共识带来喜悦。
> 我行动、我选择、我成功。

这些话已经被我无数次写到了简历上，在面试时也无数次地挂在了嘴边。

但是这全部，都是谎言，都是谎言，都是谎言！

这是理所当然的。我又不是什么了不起的人。

虽然觉得简历上的这些话很愚蠢，但是我并不想否定自己的谎言。正是因为擅长编造这些谎言，这一次我才得到了工作，得到了生存下去的途径。这并没有错。

当然，有的人可以凭借自己拥有的能力、外貌、资源活下去，并始终保持真实的自我。但我绝不属于那类人。

这样就够了。

就算是伪装，坚持下去就好。

没有错。不会错的。

应该不会错。

嗯。

酒精和工作有了着落的轻松混合在一起，让我感到一阵虚脱，内心的防御似乎也迟缓了起来。那些平时完全不会考虑的事情，开始不停地在我的脑海中浮现。

坚持表演一个伪装出来的自己，如今终于有了回报。

但这并不是真实的我所收获的。

从今以后，我还要以这种伪装走完后面的人生。

真令人窒息，总有一天生活会变得令人无法接受。

如果是这样，那么自己活了二十一年到底又有什么意义？

这三年的大学生涯又有什么意义？

不是这样的。我想尽力否定这些疑问，但不知为何它们却不停地在我脑海中奔跑。都要怪酒精，也许是我拿到 offer 后太激动了。

如果我能够不去在意才华、相貌，以及环境这些东西，可以无须揣度和钻营地生活下去的话。

如果敢于谈论理想的话。

莫非我也有想随心所欲地拥有的东西？

我摇了摇头。那种东西是不存在的。

为了不再考虑这种毫无意义的事情，我一口气喝下了第二罐啤酒。

然而，酒精只会让混沌的思绪愈演愈烈。我将开始发热的头抵在桌子上。当桌面上摆起第四个空啤酒罐时，我失掉的已不仅是内心的防御能力，就连理智也丧失了。

这时我注意到,它就在那里。

想起来了。我想拥有的东西,一直都在那个角落。

缓慢地抬起沉重而发烫的头,我再次把手放到鼠标上。

移动箭头形的指针,滑到屏幕左下角,将指针放在一个文件夹上。

双击之后,一个图标映入眼帘。

或许是酒精的缘故,我的手指在颤抖。一度认为它已经不再重要,我用力地快速双击了图标。

屏幕上显示的,是那张三年前的照片。

转动发晕的脑袋,定睛看着照片。除了没有抹发蜡外,那时的自己和现在没有任何不同。而照片里的自己正在用受惊的表情注视着那张如今已经不在这里的笑颜。

我情不自禁地叹了一口气。

"那个……"

嘴里发出的声音,比我想象中的高出许多。

"秋好。"

这个名字如浓稠的液体一般从嘴里溢了出来。

"你那时究竟想成为什么样的人……"

就算这样问了,也无法得到完整的答案。

即便如此,我还是打心底想知道那时的秋好到底在想些什么。就算我已经什么都不能做了,也希望她至少能告诉我。

不,也许她什么都没想。秋好应该只是,只是想成为自己想要的样子。她的理想应该只是这么纯粹。她就是那样的人。

"我被骗了……"

这句话是对两个人说的。对我，还有秋好。

关于大一时我和她的记忆不断浮现。我努力让自己不去回忆，但记忆却如潮水般向我涌来。

最初遇到秋好时，我只当她是个不正常的家伙，但在了解并接受她的为人后，我们成为了朋友。被秋好的那股坚持追逐理想的劲头感染，我也在不知不觉间开始放眼理想。那时的我以为在大学四年里，或许真的可以找到秋好口中那个理想的自己。

但是，已经来不及了。

时间无法倒流。

如今只剩下我一个人。

"如果你在这里，这一切会不会是另一番情形？"

这样的呼唤当然不会有回应。已经不能再和她对话了。

我只能疲惫地奔波在求职的路上，什么都顾不了，什么也做不了，然后结束我的大学生活。

无法成为理想中的自我，甚至连当初的自己想要追逐的理想究竟是什么也已经搞不清楚。

秋好口中的理想，在现实中甚至连预兆都还没有显现，而我就已经要过完这四年了。

准确地说，距离毕业还有不到十个月。

"也许明天世界就会改变。"

这是秋好说过的话，如今在我的脑海中强烈地回荡，就像是昨天才刚听她讲过。头昏脑涨的我嘲笑着自己，竟喝醉到这个地步。

"如果现在出现一个能让所有人放下武器的理由，那么明天战争就能结束。"

你还说过这样的话。

荒谬，太荒谬了，那不过都是你的理想论。

"所以，改变永远都不会晚，永远都来得及。"

快别说了。

荒谬荒谬荒谬。

胸口开始隐隐作痛。

"……还来得及，是吗？"

我这三年来过得有什么意义！

还来得及做什么呢？

如果像秋好说的，还来得及。

那么，我想改变些什么呢？于我而言，还有想改变的事情吗？

我不明白什么是理想中的自己。秋好不在我身边时，我从不会去想这些。

无法改变自己不明白的东西。

那我还能改变什么呢？

照片中的秋好在笑着。

她的笑脸，与今天的我和那些求职的学生们做出的表情完全不同。

今天在电梯间里发生的一幕突然浮现在我的眼前。

我想起那个大学三年间只习得了如何谄媚的女生的模样。

"你知道吗？那个女生，也是摩艾的成员。"

向画面中的秋好发问，当然得不到答案。她已经消失了。如今我终于深深地接受了这个事实。

如果照片中的秋好能听到我说的话，她一定会非常惊讶吧，也许会失望，甚至愤怒。

但现实就是一切。如果今天的现实可以看作过去行为的结果，那么正是那时的秋好留下来的东西——摩艾，让那个女生变成了如今的模样。所以到头来，秋好的理想不过是谎言。

被秋好的谎言欺骗了。事到如今，我才觉得有些悲伤。

……我想要改变的东西。

"或许，我能将秋好的谎言变成现实？"

只是随口说说。

我转动已经麻木的舌头，将这句话说出了口。明明没有任何目标和方案，但疼痛的胸中却燃起了火焰。不是熊熊烈焰，而是已然静静燃烧了许久的火苗。

到此，我便失去了意识。第二天早上醒来，我发现自己正蜷着身子倚靠在电脑椅旁边。地板上一片狼藉。

起身前，我半撑起自己的身体，渐渐明白了自己现在是一副什么样子。我意识到自己胸中的火焰仍没有熄灭。

摩艾成立当初，我们以秘密社团活动的名义，到访过各种各样的地方。

具体来说，如参观展示世界各地的新闻摄影展览会，或聆听反对仇恨言论的作家所举办的演讲，等等。

当然，这些事一直都是由秋好来带头。那一天，我们一起去观看了一场关于战争的纪实电影。回来的路上，我们随意走进了一家路边的咖啡馆，大体聊了一下观后感。在准备结束今天的活动各自回家的时候，我突然对秋好提了一个问题。

"今天的电影已经看完。我们今后活动的目标是什么呢？"

因为与自己相关，所以我想知道秋好为摩艾设定的发展目标是什么。

上次去看了摄影展，这次看了电影，如果都是这类活动的话，那参加一下也不会让我觉得为难。但若要去参加什么志愿者活动，我可是打心底里抵触的。

但秋好就是秋好，她完全曲解了我的问题。

"嗯……我希望这世界上的战争可以完全消失，或者就是希望自己活着的时候可以尽可能把世界变得更好。"

"不是……我问的不是你的雄心壮志。我想知道的是你打算把摩艾发展成什么样子。"

我的更正让秋好有些吃惊。她有些难为情地笑了。

"是这么回事啊。不过，摩艾也是一样。"

"也是一样？消灭所有战争吗？"

我几乎抑制不住自己的笑意，但秋好却收起了笑容。

"能做到当然最好了。即使做不到，至少也要让不幸的人减少一些。所以，我认为现在去看这些电影和展览，丰富我们的知识是非常重要的。正是因为今天了解了这些，我和枫说不定在未来的某个时间就能够做到。"

秋好用认真的口吻回答了我。

秋好误解了一些事情，同样的，我也误解了一些事情。

我们都误解了"理想"这个词的含义。秋好心目中的理想，一定是没有界限和限度的。她从不在意我们只是两个学生，从来不会去想界限和限度这样的借口。

那时候，秋好坚信能依靠自己的力量阻止战争。

那时的我无法理解秋好眼前的世界到底有多么宽广。

"好、好吧，总有一天。"

"尽管我也不清楚到底是哪一天。人终有一死，谁都无法预测自己的死期。但至少要留下些想法。"

与我这种人不同,秋好死后一定会留下许多有价值的东西。她在死去时也一定会满足于她富有成就的人生。我想这样的话就够了。

"所以如果我发生了什么不测,枫可要继承我和摩艾的意志。"

"别说这种话。"

"这可说不好。谁都不知道下一秒会发生什么。正因为这样,才要拼尽全力度过每一天。"

说这句话时,秋好直视着我的眼睛,我躲开她的视线,没有再说什么。

那时秋好强迫我接受了奇怪的任务,但到了大学四年级的今天,任务仍没有完成。

纵然有一股冲动，但到底应该做些什么，以及能够做些什么，我现在还没有明确的方向。

我决定先把作为朋友的董介约出来。他之前长期忙于打工和课业，到大三后期又埋头找工作，比我更早地拿到了 offer。董介这个人至少表面上不会主动回避与人交往，也不抗拒进入新的环境，所以我想他可能会为我的行动提供更多的参考。此外，我也想趁这个机会当面告诉他我找到了工作的事。

我们约定见面的地方，是一家以学生为主要消费者的 KTV。地点是我定的，因为董介提议"为了庆祝找到工作，我们去唱歌吧"，所以就有了这次活动。

约定的时间是傍晚我下课之后。虽然升入四年级后，课程一下子少了很多，但由于我在三年级时没做好课程规划，现在只得在低年级学生的包围下认真上课。好不容易找到了工作，我可不想因为丢了几个学分导致留级，所以在课上打起了十二分的精神。

在需要小组讨论的课堂上,我原本担心要和低年级的学生们在一起,免不了被无视或者排挤。幸好班上还有几个和我一样过去不大认真的大四学生,所以从心情上来讲,过得还算愉快。如今,我们抱团取暖,共同度过课堂上的时光。

今天我照例和组员们简单地打了招呼,然后静静地坐到了座位上,等待时间无声地从我们身边流走。

距离上课还有几分钟时,一阵"风"扰动了我胸中的火焰。

在我的附近坐着一组三年级学生,其中一名看起来很有责任感的女生大声地发出疑问:"你说什么?"她的声音传遍了这个中等规模的教室。根据教室大小的不同,想要不引人注目的声音高低也是不同的。

我一面摆出一副身为大四学长对低年级学生不屑一顾的样子,另一面尽管兴趣不大,也还是竖起耳朵开始听他们的对话。那个高分贝女生好像正在对谁发怒。

看样子,是因为他们组里的某个组员尽管肩负重任,却忙于社团活动没能完成分配给他的工作。而那个组员不仅只是发了封邮件告诉组内其他成员自己没有完成,甚至连今天的课也因社团活动而没有来上。这让身为组长的女生勃然大怒。他们小组今天好像要上台发表学习成果。

另外一个女生对她说,那个组员不接电话,还发来短信说社团那边更重要。我一边摆弄着手机,一边心想这可不太妙。果然,在气头上的组长又发出怒吼。

"他到底是怎么想的!"

原来人类可以发出如此响亮的声音,我心想。

"难道他们整天占着食堂还不满足吗!"

"你,你别生气。"

"那个令人讨厌的摩艾究竟是个什么团体!"

教室突然陷入了沉默,幸运的是,上课铃很快响了起来。听到铃声,整个教室里的学生都松了口气。

结果那天课上,这个小组因为没有备齐资料而被取消了上台展示的机会。组长向负责讲课的老师说明了原因,但是老师用好似偏袒翘课学生的口吻说道:"他们社团那边现在的确很忙。"这把组长气得发抖。

下课后肚子有些饿,我顺路到便利店买了面包吃。距离约定的会面还有一段时间,我打算先利用这时间给父母和我之前打工处的店长各发一封邮件,向他们报告我终于找到工作的事。

结果,等我赶到 KTV 时,已经比约定时间迟到了三分钟。董介在 KTV 的门口一脸无聊地边看着手机边等我。

"可让你久等了。"

我随意地跟董介打了声招呼。他抬起头,夸张地噘起嘴。

"你来啦!断了自己充满无限可能的前途大道是什么感觉?"

"根本就没那玩意儿。"

我们一边说着玩笑话，一边走进店里。果然来了不少我们大学的学生，不过还好没有熟人。

排队付款后，我们先去吧台各自接了杯饮料，再走上楼梯来到位于二层的包厢。推开门，包厢里隐约传来一阵烟草味。KTV怎么还没实行禁烟，每次来这里我都会这样想。

我和董介分坐在沙发上。虽然可以直接开始和他讨论今天的主题，但是难得来一趟，我们还是决定先唱歌。

我和董介在唱歌的时候从来不会去考虑对方是否知道某一首歌，或者唱某一首歌是否合适。偶尔也会有觉得对方唱的这首歌不错，在手机上记下歌名，方便回家后再听的时候。正是这样，才能享受卡拉OK的乐趣。

大约唱了一个小时，董介站起身来，不知是第几次去取饮料了。他说要顺便帮我也取回来，我便不客气地拜托他帮我打一杯哈蜜瓜味苏打水。

目送董介走出门外，包厢里只剩我一个人。此时唱歌也不太合适，于是我低头边看手机，边等董介回来。饮料吧设在一楼和三楼，稍微有些距离。而我想喝的哈蜜瓜味苏打水只有三楼才有。

我浏览了一遍社交媒体页面，上面的信息一部分让我好奇，一部分让我感觉不快。正巧这时，董介夸张地蹙着眉头、皱着鼻子回到包厢。我一下就看懂了他的表情。他正通过扮鬼脸掩饰他的愤怒。

"谢啦。你怎么了?"

"哎,你看出来啦?想知道是怎么回事吗?"

"怎么啦?"

董介喝了一口刚打回来的饮料,看向门上的窗户,又回过头对我使了使眼色。我看向窗外,外面什么都没有。

"可能是我搞错了吧。"

"这样啊。"

"听我说,我一看到有些人玩得看起来挺开心的,就不痛快。"

"真是个可恶的家伙。"

面对我不客气的评价,董介"嗯嗯"地摇了摇头。

"如果是像我们一样善良的学生和可爱的女孩子们,就算玩得开心我也不会生气。能让我生气的只有两种人,一种是情侣。"

"另一种呢?"

"另一种是在公共场所吵个不停的喧闹团体。"

"我懂了。"

我很善解人意地点了点头,董介朝我伸出手指,做了个意义不明的动作。

然后,他说出了一句对我来说非常重要的话。

"而且,更可恶的是大学里的那帮人。他们不管在哪儿都当是在自己家里一样,还一副好像自己代表着整个大学的做派。如果他们到校外喧哗,那么连带着我们也会丢脸。"

"……是啊。"

我认同地点了点头。

我已经猜到董介口中那些讨厌的家伙是什么人了。

董介常常说他们的坏话,每一次都是有理由的。

我深有同感。此外,对于那些家伙,我的厌恶比董介以及今天课上发怒的那位组长还要强烈。

为了不让董介察觉,我做出一副惊讶的表情。

"是摩艾那帮人吗?"

"对。他们在三楼的大包厢那里进进出出的,吵死了。咱们真该去一楼,离他们远一点。"

多么奇妙的偶然。

"那咱们还真是失策啊。"

我用戏谑的口吻回应他。董介一脸气愤地点了首新歌唱起来。我跟着音乐的节奏给他打着拍子。这首歌是董介最喜欢的乐队新推出的作品,他唱得很是投入。

若是往常的话。

若是往常,我肯定会跟董介一起对三楼的那帮人表示愤怒。摩艾成员是我在大学里最不想遇到的人。

但是今天不太一样。我甚至该庆幸有这样的巧合。

因为我已经做了一个决定。

必须告诉董介。

告诉他接下来我打算做的事。那些为了使过去的三年变得有意义，我不得不做的事。在一切发生之前，我决定先告诉这位我身边最重要的朋友。

为此，不管怎样，先要和他谈谈关于那帮人的事。

那个我们创建的，同时也是董介厌恶的摩艾。

一曲终了，唱得过瘾的董介放下了麦克风。"我说"，我下定了决心告诉他这一切。

董介睁大了眼睛，好像在问我"怎么了"。

"我想跟你聊点正经的事情。"

"正经的事情？这可真稀罕了。我这个好学生聊些正经的事情倒还正常，枫还能说什么正经的事？"

"谁是好学生啊！"我反驳了他的玩笑，然后再一次换上严肃的态度。为了让大家都能放松一些，我向他的方向稍微倾了倾身体。

"你之前说过，讨厌摩艾那帮人，对吗？"

"是啊。真希望他们赶紧回到复活节岛上去。"

"其实，那个是……"

我做出一副难为情的笑脸。二十一岁的我已经很擅长做这种表情。

"摩艾……是我创立的。"

"真的还是假的！你这家伙，竟然创造出那么了不起的恶心社团啊！我还以为你是那种没有追求，每天都过得很轻松、很有趣的家伙呢。我真是错看你了。"

"不，我没跟你开玩笑。"

装出一副生气样子的董介,脸上的表情突然一怔,也松开了抱在胸前的胳膊。

"没,没关系!就算你是邪恶组织的头目,我们的友情也是坚不可摧的!就由我代表正义来处决你。哎,你那是什么表情!"

"是真的。"

"……啊?"

"是真的。正确地讲,是我和一个曾经的朋友一起创立的摩艾。"

"……你到底在说什么?"

董介好像傻了一样地呆在那里,然后对我翻了一个白眼。如果我此时继续和他对视,那么他肯定会以为我是在开玩笑,所以我稍稍移开了视线。

"我可以给你讲讲是怎么回事。"

"……别,呃,你要是想讲,我就听听吧。"

说完,董介还是一副不那么相信我的样子。我很清楚董介的个性,所以知道即便在这种情况下,他还是会认真地听我讲。他就是这样随和的人。

我没有进行任何掩饰地讲起了我和摩艾的关系。

这还是我第一次跟他人讲这些。

因为是第一次,所以我要尽可能讲得简明扼要。

首先,我给他讲了摩艾的现状。

正如他所知,我和秋好创立的摩艾,现在虽然失去了创始人员，但仍继续着活动。

但是现在的摩艾，既是我们创立的摩艾，又不完全是。

当初"成为理想中的自己"的理念，以及全体成员都能接受的活动形式，如今早已看不到了。详细情况我也不太清楚，我只知道现在的摩艾已经面目全非，利用学校这个平台发展成了一个庞大的群体。

为什么会变成这样？

摩艾开始时只是我们两个人口头约定创立的组织。我和秋好尊重彼此的意见，一起参观博物馆、听演讲会、参加志愿者活动。尽管不能带来利益，但我们一直都坚持着理想。

出现后来那些变化的原因，是多方面的。

虽然在旁人眼中，摩艾的活动内容就像小孩子玩的过家家一样，但还是引起了一些人的兴趣，于是社团的成员开始增加。

两个人为了自我满足而搞出来的活动，却意想不到地获得了校方的好评。

但这些都不是最重要的原因。

永远地失去了那个怀着理想，并可以为理想而活的独一无二的领头人，这才是最主要的原因。

失去领袖的话，组织这种东西比想象的要脆弱得多。如同身体在一点点地自我侵蚀一样，摩艾逐渐失去了原有的平衡。活动的目的和意义都发生了颠覆性的变化。如今的摩艾已经不再追求理想，而成为了追逐利益的团体。

而结局自然是会有人被从那里排挤出来。那就是我。

对于改变后的摩艾，像过去一样期待着崇高理想的我已然成为了阻碍。

所以我选择离开了摩艾。

说起来，也就是这样。

"就是这样，所以一直以来都觉得无所谓。"

我深吸了两口气。

"但是，现在我找到了工作，正如你所说，我的未来已经被决定了。所以我反思了一遍迄今为止做过的事情，便想起了当初成立摩艾时的情形。今天刚好说到摩艾的话题，我想说的大概就是这些吧。"

事实上，从今天早上开始，我就一直在努力拿出勇气。

听完，董介不知在想些什么，只是陷入沉默，可以看出他很认真地听了我的话。隔壁的包厢那边，不知不觉间传来我们高中时代流行的歌曲。

"对不起。我一直都瞒着你。"

听到我的道歉后，董介露出了不高兴的表情，低下了头。

"不，没关系。"

董介一副为难的样子，说道：

"哎呀，我总是在说你创立的组织的坏话，实在不好意思……虽然这样很招人讨厌，不过一直在听我说却没有告诉我实情的你，也真是太坏了。"

与刚才不同,董介露出了完全不设防备的笑容,然后又绷住脸说:

"所以,我觉得更对不起你了。"

"啊?嗯,真的,如果让你生气的话,对不起。"

"没有啦。不过,果然,听了你这番话,我更加厌恶那帮家伙了。我没有办法因为摩艾是你创建的,就不讨厌它。"

听到董介坦诚又充满理解地表明他的态度,我挥了挥手,不由自主地笑了。

"没有,你不用觉得对不起我。我和摩艾已经完全没有关系了,所以你怎么想都可以。"

"是吗?"

"对啊。不然还能怎样?"

"你就完全不生气吗?现在的摩艾成员可是把你赶了出来啊。"

董介一定是觉得,如果他有类似的遭遇,肯定会非常愤怒。我明白他的想法,于是斟酌了一下自己的话。

"嗯……不是那种生气吧。可能至今都没有对摩艾生气过。刚离开时,我也很失望,但老实说,始终无法对它产生愤怒的感觉。对于自己的这种反应,我也一直很吃惊。"

"和你一起创立摩艾的那位朋友,她……"

我对不知如何开口的董介笑着说:"她已经不在这个世界上了。""抱歉。"董介小声地对我说,他确实是个善良的人。

"没关系的。对了,说到为什么现在要跟你聊摩艾,还有一个原因。我想为那位朋友做点事情,因此希望能得到你的帮助。如今已经找到工作,这样就有了空闲时间。毕业论文也只是个形式而已,能毕业就够了。我想在大学生活最后的日子里为她做些什么。"

"这样,你真是为朋友着想啊。"

"对吧?你有什么想法吗?"

"嗯……"董介露出正在认真思考的表情。但很快我就明白,他并不是在考虑什么点子,而是在犹豫要不要把想到的话说出来。我的脑海中浮现出一个好笑的猜想。

"难道……董介,你不会是想说'要打败摩艾他们'吧?"

董介听完我的话,做了个鬼脸,向我突然探过身来,好像真的有什么邪恶企图的样子。

"换作我的话,被挤出团体,而且清楚已经失去的朋友的遗憾,那么我肯定要趁毕业之前跟他们算一算账。"

"要怎么算呢?"

"我也不太清楚,但如今要夺回这个组织已经来不及了。"

确实,要夺回摩艾是不可能了吧。虽然充斥着私利私欲,但扭曲的摩艾已经发展成了庞大的组织,不再是一两个人的过家家了。夺回摩艾,换句话说,就是将摩艾完全变成自己的组织。这种取代现任摩艾的领导层，并马上获得全体成员支持的事，是完全不可能的。

想了一想，我直直地看向董介的眼睛。

"那么，让他们停止活动之类的，不行吗？"

"……嗯，你刚才也说了，组织这东西非常脆弱。所以，肯定是有办法的。"

"办法……"

即便真的有办法，我能做得到吗？我真的决定要做这种事吗？

"我想重头再来一次。即便到时候可能会产生一些意想不到的纷争。"

"就这么干！先解散现在的摩艾，然后重新建立一个新的摩艾。寻找那些和秋好拥有相同想法的人，重新组建新社团，再去追回当初的理想。"

如果能做到这些，那么秋好说过的话，就不再是谎言了。

"那到时候我也当个秘书长什么的。"

"不，我不想把你牵扯进来。"

"带上我吧。"

"也包括与现在的摩艾对擂吗？"

"嗯，都看你啦。你说要做的话，我就帮你。"

粉碎现在的摩艾，再创造新的摩艾。

我再一次认真地考虑了这个想法。

解散当下这个放弃理想、已然扭曲的摩艾，创造一个可以让理想生根发芽的地方。新摩艾将是那些像秋好一样拥有崇高理想的人的舞台。

要做这样的事，也不知道秋好会不会赞同。

尽管各种想法相互纠结，我心中的天平还是不由自主地倾斜了。

被董介的话语鼓舞着的我开始觉得，在大学期间如果能够单凭着自己的感性去行动一次，不是也很好吗？

这其中也许有我迄今为止已经受够了伪装的缘故。

感性地畅想未来，将看似没有道理的东西称为理想。这种青涩的想法，如今就在我的脑海里翻涌，就像当初的某个人一样。

"是……吧……"

"嗯？"

"……试试看吧，与摩艾打一仗看看。"

回答董介时，我特别犹豫了一下。

"啊，决定了吗？"

"……只是，我不想做那种可能会丢掉工作的事。我想无论如何，都要在合法又不过分的范围内行动。"

"那我们就是和邪恶团体作斗争的秘密组织了。太帅了。"

看着董介充满了干劲儿的样子，我再次感到有些对不起他。

"如果你不愿意，随时都可以退出。"

"嗯，不过我现在正好有时间。这种以少数人的力量对抗某个庞大组织的事，正是我喜欢的。像不像上个世纪的热血青年？"

董介会这么说肯定是希望我放心，但是看他那兴奋的样子和发自内心的笑容，我倒觉得搞不好他是认真的。

虽然决定与摩艾开战,但我们并不打算正面交锋,眼下的首要任务是搜集情报。

自从脱离摩艾后,与它不再有任何关系的我只是模糊地知道一点他们所做的事情。眼下,更具体的社团活动内容,以及组织内部的状况都是我们需要去了解的。

因此,从 KTV 出来后,董介为了搜集情报便来到了我的住处。

第一步,我们决定先查看一下摩艾这帮家伙们的主页。出于厌恶这一单纯的理由,董介一直刻意与摩艾保持着距离。也正因为如此,当他看到主页上那些豪言壮语和煞有介事的照片后,忍不住在我身后"呃"地叫了出来。

他大概是因为厌恶而看不下去了。我代他继续查看主页上的内容。主页最显著的位置上,刊载着摩艾的主要活动。

虽然早就知道今天的摩艾已经成为了一个和求职相关

的社团，但如今看来，他们的活动似乎比我离开之前要更加具体，也更有针对性了。我试着仔细阅读页面上那一行一行的细小文字。

如今的摩艾大体上以举办交流会为主要活动。当然，这种美其名曰的交流会与今天董介看到的那种KTV派对不同，是一种在精心组织与策划下的、充斥着私利与私欲的集会。

出席这种活动的有摩艾成员、已经毕业的学生，以及与他们有联系的企业家。表面上，他们标榜这是与知识和创意的邂逅，以"真正的自立""与新事物的碰撞"等为主题，安排学生和社会人士分组进行讨论交流。但从主页上展示的社会成功人士的经历和任职企业，以及毕业生们的就职动向中可以很明显地看出，他们进行的不过是大规模的"走后门"活动。

"为了利益而去结识的人能叫朋友吗！？"

刚从厌恶的情绪中平复的董介，又在我身后反感地说道。尽管董介如此评价，但交流会却似乎广受好评。每一场交流会上，都会有四五十名摩艾成员以及相近人数的社会人士参加，可谓具有相当大的规模。主页上也挂着不少照片，它们或是记录着在宽敞的会场中举办交流会的盛况，或是展示着学生们认真聆听成功人士讲授职场经验的模样。尽管我在学校里认识的人不多，却还是能在照片中看到几张熟悉的面孔。活动预告栏中，还写着两周后要在大学礼堂举办下一次交流会。

看到这些,我的感受是怎样的呢?成为理想中的自己,应该不是这样的吧。这些内容对我的触动仅此而已。如果还有其他的感想,那就是我再一次意识到,仅仅两年多的时间,摩艾竟完全变成了另一副模样。

此外,摩艾还在更频繁地举办小型讨论会和座谈会。这些活动真的都是摩艾做的吗?网页上并没有刊登相关的照片。

看完这些我又点回了主页,开始浏览页面菜单。菜单上只是依次刊登着组织理念或是毕业生的就职企业等内容,并没有多少对我们有用的信息。也许是网页的编辑者担心泄露个人隐私所以特意没有上传内部成员的私人信息。

"嗯……看来要搜集到我们想要的东西并不简单。不愧为邪恶组织。"

董介紧盯着电脑屏幕,嘴里正吃着刚买回来的美味棒。

"嗯?这个链接是什么?是博客吗?"

"别用美味棒指着屏幕啊!"

我一边提醒,一边将视线移向他所指的屏幕边缘。那里是一个标签链接,上面写着"摩艾日记"。标签的标题不是"日报"而是"日记",这让我感到有些不解。点开链接,一个以蓝天为背景的博客页面出现在眼前。要是作为"日报"的话,确实清新得有些过头,看样子这里写的内容的确不是什么日常报道。

我拖动鼠标，读起了最新的一篇日记。

  大家好，我是阿天。

我刚读到这句话时，身旁的董介小声说道："这个人好像是我们专业的。"

"你认识这个人？'阿天'是化名吧。"

"是的，我想起来了。我有一个关系不错的学妹加入了摩艾，我是从她那里听说的。"

"这样啊。"

看来董介并没有因为厌恶摩艾就排斥所有摩艾成员。我放心了一些。当然情况也可能跟我想的不太一样。

我接着读起日记。这篇日记里使用了大量的颜文字，好像记录的是某场庆功宴的盛况。他们玩得真开心，我在心里想。这时，董介也惊讶地说："看起来挺开心的呀。"

"明明是从枫的手中抢走的摩艾。"

"哎，他们肯定不觉得摩艾是抢来的。"

"我可不喜欢这样：被欺负的人一直记得，欺负人的人却早已经忘记干了什么。"

"是啊。"

我点点头，继续向下拖动博客。尽管这个博客是由若干人轮流撰写的，但刊载的东西都是一些杂谈和感想。博客中并没有多少有用的信息，于我们是如此，于那些真正想了解摩艾的人也是一样。

"话说回来,你的学妹是摩艾成员,你不会因此讨厌她吧?"

董介以一句"还好吧"回答了我。

"她可是个好女孩哟。就是橙子,她是爱媛县人。"

"'橙子'真是个好名字。爱媛产的橙子做出的橙汁可是日本最好的。"

"真的吗?原来爱媛的特产真是'橙子'呀!"

看到董介如此惊讶,我反倒更吃惊了。

"对啦,这个叫橙子的女孩好像没有在这个博客上写过什么东西。"

"哦,听说橙子是因为朋友的缘故才加入了摩艾。大概也是想通过摩艾结识更多已经走上社会的校友吧。虽然说实话她这一点让我不是很喜欢,但除此之外确实是个很好的女孩。"

"这么卖力夸她,董介不是在追求人家吧。"

"你这家伙!她有一个从高中时就交往的男朋友。每次当我遇到可爱的女孩子,总会发现对方早已名花有主。"

董介说完这句充满悲伤的话,不知想到了什么,默默地喝光了一瓶柠檬茶。

不一会儿,我就把摩艾的主页从头到尾认真地看了一遍,但始终也没能获得什么有用的信息。在我想要放弃并准备打开视频网站的时候,一直在专注地玩手机的董介突然提议道:

"那个，要不要见个面，和橙子？说不定能打探到什么消息。"

"那个有男朋友的好女孩吗？"

"快打住。她只是个不错的普通女生，正好因为研讨小组里的事给我发来邮件。我可是副组长。"

"哦——"

我在内心斟酌了一下董介的提议。

"跟她见面的话，如果暴露了我们要粉碎摩艾的目的怎么办？"

"没关系的。她本来就没有那么喜欢摩艾。我们也不用以摩艾为目的约她出来见面，只要在见面时自然地说到摩艾的话题不就好了吗？"

"这样啊……"

此刻，我一直以来坚守的信条，被这三年中培养出的社会性击败了。

"好吧，那就拜托你把她约出来吧。"

"交给我吧。"

当天，向来可靠的董介就把与橙子见面的时间敲定在了下周一。他的朋友圈要比我广得多。凭我自己肯定是找不到这种了解摩艾的捷径的。于是我在心里再一次感谢了董介。

在他约橙子见面的时候，我在社交媒体上搜索了一下关键词"摩艾"。有许多账号的注册名已经直白地表明他们是摩艾成员。点进这些账号，里面多是各种照片和评论，向世人展示着他们如何"以高贵的意志"度过了大学生活。这又一次让我感到不适。因为摩艾做活动绝不是为了给别人看的。

仔细看下来，网上还有一些对摩艾的批判。这些声音几乎都来自我们学校的学生，偶尔也能看到几条社会人士发表的意见。

这点对我们非常有利。

在KTV唱歌之后，我和董介就已经大体上讨论过我们这样的个体如何与如此庞大的组织进行斗争的问题了。最简单也最有效的方法，就是利用负面事件制造舆论。只要一点点的曝光就能引发巨大的舆论，同时还可以在这场舆论的大火中把起火点隐藏起来。重要的是，有谁能为这场火的燃烧浇上热油。依照目前的情况看，引发一场大火恐怕不是难事。看着眼前这些对自己曾经创建的团体未必可信的批评，我这样想着。

网上那些谩骂，也多少留在了我的心里。

我们商定了大体的作战计划后，一起把电脑中的游戏玩了个遍，之后董介就回家了。

* * *

下一周的周一。

我推开这家位于大学附近的咖啡馆的门，一阵旋律独特的门铃声随即响起。这时，我看到了坐在最里面位子上的董介。他的对面正坐着一位个子不算高的女生,从我这个角度只能看到她的背影,那应该就是橙子。

这家店董介邀我来过不少次,他格外喜欢店里的怀旧氛围。而且这里离学校还有一段距离,很少会有我们大学的学生光顾,这一点也正合我的心意。顺带说一下,这里好像离橙子家也不远。

我一边向他们走去,一边挥手打招呼。董介朝我招了招手,橙子也转过头来看向我。那是一张圆润的娃娃脸,嵌上一双大大的眼睛,难怪董介说她像一枚橙子。想到这里,我又多少觉得有些对不住她。

"抱歉,我迟到了。"

"没事,没事。橙子,这就是我跟你说的,在学校里对你一见钟情的男生,他叫枫。"

"啊——骗人的吧?这可真难办啊,我好像确实是会招前辈喜欢的类型!"

橙子用两只手捧着脸颊,歪着头开心地笑了。不幸的是,仅凭我二十一年的人生经验,实在无法靠着橙子这副配合董介的玩笑的表情就看出她是个好女孩。"你瞎说什么呢!"我戳了一下董介,然后再次观察起橙子。橙子笑着说:"学长好。"

"你好,我是田端。不好意思,我这个陌生人却要请你帮我完成毕业论文。"

"没关系的。学长要是不嫌弃,我什么调查问卷都能填。"

经过我和董介的讨论,最终决定以毕业论文为理由约橙子出来。她真的相信了我们的谎言,而且还充满善意地要帮助我,这让我更是感到对不起她。

我点了一杯冰咖啡,打算在开始正题之前先做些铺垫。为了和橙子拉近距离,我时而拿董介开开玩笑,时而问她上课的情况。她则跟着我一起嘲弄董介,还开心地告诉我们今年新开课的老师非常厉害。光从这一点我就可以看出,她至少在表面上是个好女孩。

看准时机,我把周末准备好的资料铺在了桌上。即便是糊弄别人,也要做到万无一失。

我拿着笔记本,问了几个像是商学院毕业论文该问的问题,果然橙子都一一认真地做了回答。她怎么也想不到,我们的真正目的既不是她天真可爱的脸蛋,也不是她那与娇小身材形成鲜明对比的胸部。

"问题就这么多。谢谢。你再点一杯饮料吧,或者甜品也行,我请客。"

"那我就不客气了,我点个蛋糕吧。"

"随便点什么都行。"

董介不时温柔地看着橙子。见他这个样子,我发觉年轻晚辈果然还是老老实实地接受前辈的好意,也许才会比较讨人喜欢。

服务员端来橙子刚点的芝士蛋糕以及我续杯的咖啡,

董介开始尝试开启今天的真正主题。

"橙子最近经常去社团那边露面吗?"

"这个啊——"

橙子边摘下贴在芝士蛋糕四周的塑料装饰,边说道:"最近根本就没去过。参加社团太浪费时间了。我最近上课和打工都比较忙,而且今年开始还要想着找工作的事。啊,学长们要是知道什么好出路,可一定要告诉我啊!"

橙子故意摆出了一副不依不饶的表情,和她的娃娃脸形成极大的反差,这样的她真像吉祥物一样。

"哎,这事你找我们真不如找别人。你不是那个社团的吗?多利用一下这层关系不是更好嘛。"

董介很自然地引导着话题的发展,橙子却皱起了眉头。

"啊,学长指的是摩艾?那里我近来一次都没去过。过几天好像有什么活动。说实话我与他们不太合得来,不过能利用的社团资源是该要好好利用。"

橙子的话里多了一丝犹豫。

"不太合得来?"

我顺着橙子的话提出了疑问。若一直让董介说下去,我就快变成透明人了。而且我急需弄清楚橙子脸上表现出的厌恶究竟是因为什么。在这点上我倒不是为了和董介抢风头,主要还是在意橙子作为摩艾成员的身份。但此时若是轻率地批评摩艾,又很有可能会触及她敏感的神经。

虽然我不是她的学长,但橙子仍然略带委婉地回答道:

"以前我陪朋友去过一两次摩艾的交流会，我不太喜欢他们那儿的氛围。就是那种大家都在朝着未来一往无前的氛围。"

"有同感。你是为什么不喜欢呢？"

"啊，那就好。坦白地说就是觉得他们太俗气了。"

看到橙子对摩艾也持否定态度，这可谓正中下怀。这样我们就能毫无顾虑地从她那里打探消息了。此外，我也非常好奇她为什么会有这种感想。

"你为什么觉得他们太俗气了呢？"

"我也不知道怎么说才好。摩艾的理念是'成为理想中的自己'，正因为遵循这个理念才办的那些活动。但话说得好听，其实到了活动现场你就会发现，只不过是大家都在对社会人士点头哈腰。从这点上我觉得摩艾就是俗不可耐。按照摩艾那帮人的说法，就是我认为在那里我无法成为理想中的自己，但也不是完全否定他们，也有点理解他们。"

橙子的表情里偶尔掺杂了一些无奈，她接着说道："最好还是要去露个面吧。"估计她也是冲着找工作才这样说的。

和橙子不同，我要从根本上否定摩艾。我再一次理解了这件事的重量。即便如此我也必须继续前进。

"你一开始就是冲着交流会进入摩艾的吗？"

橙子嘴里嚼着芝士蛋糕，点了两下头。

"一个跟我关系不错的朋友是摩艾的成员,她邀请我去体验过一次。不过现在我和我朋友在摩艾看来都像不存在。"

董介笑道:"好朋友连搞失踪都要一起。"橙子听后笑着说:"学长真是有趣!"说完向董介眨了眨她娇媚的眼睛。我看出他们两人关系要好,这倒也没什么。但董介如果真对橙子动了心,那刚才这一幕可真是一段有目的的对话了,那样的话情况就令人难办了。真希望董介能保持住理智。

"我们四年级都有谁在摩艾里呢?"

我这假装自言自语提出的疑问,橙子也如实回答了。

"大四有一个叫阿宏的人,现在是摩艾的会长。偶尔能在食堂看到她,周围还围着许多女生。"

"这是后宫剧吗?"董介接下话头。

"是啊,羡慕吧!"橙子说。

"据说会长是个非常圆滑老到的人,还很有领导力。听说她记得住摩艾每个成员的情况,也不知是真是假。"

圆滑老到,这与我对某人的认知相差甚远。

"我也只是跟她打过招呼。"

"你还知道有哪些人?"

"我还认识一个叫阿天的。他几乎每次都在活动中担任主持人,看起来非常健谈,有点轻浮。我去体验社团活动的时候就是他给我做的讲解,好像在摩艾里地位还挺高。"

"社团里还分地位高低？那要是换成我或者枫，肯定连个位置都混不到。"

橙子一脸不屑地看着插话进来的董介，苦笑道："有人的地方就分三六九等嘛。不管是不是自愿，一个社团只要发展起来，总会出现权力斗争。真庆幸董介学长只是个寒酸讨论组的小组长"

"阁下可也是这个寒酸讨论组里的呀。"

这两个人互相开起了玩笑来。看着他们，我考虑起橙子的话。之所以被挤出摩艾，其实也是我在权力斗争中败下阵来。摩艾还是个寒酸小社团时，并不存在这样的斗争。

"还有就是，我并不是针对谁，但摩艾里确实还流行着疯狂的个人崇拜。我可做不来这些，所以真的再也不想去了。"

"疯狂的个人崇拜？"

"我也说不好，但一下子就能看出有些人非常崇拜阿宏他们。那已经不是什么信赖，而是陶醉了，这实在让人恶心。还有件让我感到很不舒服的事情，这个跟摩艾的一般成员可能无关，就是到摩艾参观的时候，有人竟然逼我看介绍摩艾有多么优秀的视频。"

"那可真是太恶心了。"

橙子跟着董介做出一副无语的样子。

"顺便问一下，橙子是不是也陶醉于我？"

"没有,我只是在利用学长而已。"

橙子乐呵呵地回应着董介的傻话。别的不提,仅从这一点,我就能明白她真的是个好人。

个人崇拜和过度推销,这种事情在大社团里确实常见。人们将某个人奉为偶像或神明,不知何时就会滋生出一种诡异的价值观。

"你怎么能说是利用我呢!要是我能帮你找到工作,你能不能让我这个学长也威风一把?没准我能在摩艾的活动上给你帮帮忙呢。"

董介的话乍一听傻乎乎的,却正合我意。虽然我心里总觉得董介的情绪波动有点大,但也多亏有他在才能搭上这条和摩艾的线。

"啊,好啊。要是董介学长你能跟我一起去摩艾,肯定就不会再有怪人找我搭话了。不过董介学长也挺烦人的。"

"人家都觉得你烦人啦。"

我加入进他们的对话,橙子笑了起来。

"唉,毕竟咱们关系这么好,就让董介学长跟我一起去吧。但学长方便吗?毕业论文这么忙。况且学长讨厌摩艾。"

"又不是天天去,不碍事的。而且我想先好好了解一下摩艾,再更坚定地讨厌他们。没有调查就没有发言权。"

"学长这一点真令我佩服。"

"那好,看来毕业之前就能让你醉心于我了。"

"那到时候田端学长可一定要杀了我。"

橙子一脸认真地看向我,我也忍不住笑了。在我看来,董介和橙子不只是学长和学妹,更像是一对好友。

虽然我不清楚董介是怎么想的,但看到他们两个关系这么好,多少让我有些羡慕。

如果我的挚友还在的话,是不是我就不会这样想了?

我又忍不住陷入感伤,尽管已经感伤过无数次。

现在更主要的是,进入摩艾的领航员橙子,加入到了我们的队伍中。

那天我去了秋好的住处,她正坐在地上一根一根地吃着沙拉味百力滋。

我们发现,虽然我和秋好选了不同的中文课,但却布置了同样的作业。我到她这里来,本是打算来一起解决作业的。但是做了没一会儿,感到枯燥的我便嚼起了零食。说到为什么要特地来到秋好家,主要是因为我的房间现在乱成一团,要收拾起来的话又很麻烦,另外也是因为秋好对我说:"来我家里做,怎么样?"

"……好,现在,摩艾第一届广纳贤才招募大会正式开始!"

秋好隔着桌子与我正对而坐,上一秒还在认真地盯着教科书,没想到下一秒突然就大喊着要召开什么古怪的大会。看来她也做不下去作业了。

"你还没放弃啊?"

"果然还是要把摩艾发展成学校公认的社团,这样才方便我们开展活动。"

说着,秋好朝我伸出了手,我便把百力滋连着盒子都递了给她。

"谢谢。我倒不是说两个人就不能举办活动,但还是人多一些,想法多一些才有意思,你觉得呢?"

要是像秋好这种满脑子奇思异想的人再多一个两个,那还了得。光想象一下,我就止不住地担心。敷衍地点了点头,我又低头看起了课本。

"也是……但成员一多起来,秋好就要忙起来了吧?肯定会需要你承担很多领导工作。"

"嗯,倒也是。要是发展成大社团的话,到时候还要选出一个会长。那就由枫来当吧。"

听到她这么说,我不禁觉得她可真会开玩笑。

"我可不想当什么会长,也担不起这个责任。"

"这个会长其实也不一定非要你或我来做。如果我们能招到有责任感的成员,就交给他也不错。但是我真不想给摩艾套上那么多的条条框框。"

我从她身前拿了一根百力滋,放到嘴里。

"当头儿的应该负责坐在一边吃吃零食就够了。"

"是啊,这样就挺好。"

这只是一段平常的玩笑话。

但我肯定是从那时起,就已经把秋好看作摩艾唯一的领头人了。

"化装的工作就交给我吧。"董介自信地对我说。今天,我们要潜入摩艾的交流会了。在董介的安排下,我现在身穿夹克,围着一条足以挡住嘴的大围巾,头顶着圆帽,还戴了一副平光眼镜。

"不错嘛,枫,你这样非常潮。"

"这算是在夸我吗?"

穿着整洁正装的董介笑着拍拍我的肩膀。显然,我怎么也听不出他这是在夸我。

今天,我们第一次对摩艾采取具体的行动,这绝对是个值得纪念的日子。我们此次的目的,就是为了调查他们是否有违规行为,或是寻找一些花边新闻。

不过,要进入会场的只有董介和橙子。摩艾里可能有人会认出我,所以我的任务是待在场外,看能不能从他们私下的对话中掌握摩艾的把柄。

为此董介还特意给我又穿上了一件完全不搭调的风衣,

而围在脖子上的大围巾更是让我浑身不自在。看来他只是在拿我寻开心。

我们之前只告诉橙子董介今天会跟她一起去会场。而我则打算在交流会结束后假装与他们俩偶遇。现在我开始担心起橙子看到我的这身打扮会有什么样的反应了。

此外,董介会把会场内发生的事情,都通过手机短信逐一报告给我。

今天的交流会将在学校礼堂进行,时间上被安排为两个部分,第一部分是大型交流会,从下午一点到五点,第二部分是之后的晚餐会。依照规定,橙子不能带着董介这个社外人士参加晚餐会,所以他们两个能够参加的只有前一部分。这些都是橙子听完事前说明会后告诉我们的。

"他们准备得倒真够周全。"

我和董介现在正坐在离大学稍有些距离的快餐店里,董介低头看着手里的资料嘟囔道。他正在读的是摩艾发给今天与会人员的手册。那手册装订整齐,还是全彩印刷,一下子还真想不到这竟然是学生团体能做出的东西。

"做这些东西应该挺费钱吧。"

"我听橙子说,摩艾背后有负责出资的赞助商,摩艾则帮它们打广告。你看,手册最后还印着公司名。你在摩艾那阵子没搞这些吗?"

"谁会给两个人的过家家游戏投资啊。"

"那倒也是。"

或许现在的摩艾负责人会说，这样的成果全是通过锻炼自己得来的。这是在磨炼每个摩艾成员和社会人士的沟通能力。但这不就是一个培养未来社会人士的培养器吗？这绝不是我曾经认识的摩艾。

"就让你一个人去，真的对不住。"

"没事，这也是为了橙子学妹。而且好戏才刚刚开始，可不能一上来就露了马脚。"

董介说出这样的台词，就好像自己才是坏人的角色。

"就算今天没什么战果，你陪橙子多认识些学长学姐也不错。"

"没错，我得把坏人赶得远远的。不过，如何分清谁好谁坏，这是个难题。"

"社会上的好人可不多，所以眼睛擦亮点。"

我还没走进社会，也完全不了解社会上的人。但我清楚他们都在不停地表演着虚伪的自己，从这一点上来说，这些人并没什么好坏之分。

"那么，差不多我就出发了。"

董介看了一眼手表站起身，装得真像个成功人士。我也看了一眼快餐店里的时钟，就快到他和橙子约定碰头的时间了。

"进去之后我再给你发短信，先走了。"

"好，谨慎行事，安全第一。"

"真像当了间谍似的。"

董介笑着拿起包，走出了快餐店。我则为了避人耳目，打算错开时间再出发。窗外晴空万里，这么好的天气，真不该把自己化装成这样去粉碎什么惹人生厌的社团，还不如出去散散心。

我一个人喝着香草奶昔，看起了手机。这冰凉又甜腻的饮料，是秋好以前最爱喝的东西。她那时有事没事都要来到这家快餐店，每次点的都是这个。而此刻，这冰凉香甜的饮料竟点燃了我的斗志。

我要夺回我们的理想，这也是为了秋好。我又一次坚定了自己的决心。

就在这时，身后的女生堆中传来了议论声。"那个穿风衣的就是个背影杀手。"这不会是在说我吧，我担心起来。正当刚刚下定的决心就要动摇时，我收到了董介发来的信息。看样子他已经和橙子顺利会合，现在已平安地进入了会场。正常情况下，交流会进行到十五分钟左右时，摩艾的核心成员就肯定都已到场了。我算准时间，准备等十五分钟后再动身前往会场附近。

但实际上，摩艾里能认出我的人如今已经几乎没有了。我怕的是暴露给那些今天可能会参加交流会的毕业生们。没有他们穿针引线，摩艾也不会发展成今天的规模。此外，不论身份暴露与否，我都不想见到他们。

身后的女生堆中再次传来了笑声，看来她们并没有在议论我，是我自作多情了。现在可不能把精力用在这样的傻事上，我戴上耳机听起了音乐，这样就听不到外界的干扰了。不与他人过近地接触，这是我的人生信条。这不仅意味着与他人保持心理上或是物理上的距离，还包括减少他人对自己的影响，同时也减少自己对他人的影响，这两方面都很重要。这样既可以保护自己，也不会伤害他人。

沉浸在音乐中的我刚听完第三首歌，身边的手机就震了起来。

"交流会马上开始。到场的人比我想得要多，心里有点慌。"

我想象一下浑身发抖的董介，还有保护在董介身前的橙子，不由得在心里发笑。

"收到。我也差不多要出动了。"

我站起身，身上的风衣长得过头，显得晃晃荡荡。

快餐店外，阳光那么刺眼，真不像是春天该有的天气，我开始庆幸自己现在戴着帽子了。董介是骑摩托过去的，而我本也打算骑自行车去，但考虑到脚上穿的鞋太不方便，要是崴了脚就太糟了，便坐了两站电车。

这还是我第一次在这一站下车。虽说会场就在学校礼堂，但那里其实离平时上课的教学楼还有些距离。在这站下车要比平时的车站更近些，不过这也意味着，我从没来过这一带。平时上课的时候，谁也不会特意涉足那些没必要去的地方。刚入学的时候还会觉得，这么大的校园都是我们学生的地盘，也为这想法偷偷开心过。但其实每天必须要去的地方屈指可数，跟高中时的感觉并没有多大差别。

电车里很空荡，在这一站下车的几乎都是身穿印着我们大学校徽的运动服的学生。周末确实有几节课可以选，不过貌似几乎没人愿意去上。

一同下车的人里还有几个身着正装的，考虑到他们可能也会出席交流会，我便尽量与他们保持着距离，走出车站进了校门。

重新戴好帽子，我压低了帽檐走向会场，路上还顺手买了罐咖啡。校园里零零散散地有些学生，我可以混到他们中间。不过为了安全起见，我还是装作喝咖啡，把脸挡住。

不怕一万，就怕万一。实际上，我根本不觉得有谁还会记得我的长相，但此时还是小心为好。

刚看到礼堂，我就注意到了宣传交流会的大幅海报。停下脚步稍微读了两句海报上的内容，立刻有个女生朝我走过来，询问我是不是来参会的。她身着正装，手上拿着文件夹和手册，我猜测她肯定是负责引导迟到的人进入会场的。"不好意思，我们是一个叫摩艾的社团。今天正在举办海报上的活动，如果感兴趣的话，可以了解一下。"真没想到她会使出这一招，但我有礼貌地拒绝了她。

拒绝她后，我走到附近有房檐的休息区，在长椅上坐下来，打算仔细观察一下这个女生。运气不错，没想到这么快就抓到一名摩艾成员。

我装作在看手机。四周非常安静，甚至能够听清路人们的对话。负责引导的女生时而会跟穿正装的社会人士交谈，时而会给他们带路，我还看到她有时还向路人分发手册却遭到拒绝。

买来打掩护的咖啡已被我喝光，正在这时，董介发来了消息。

"第一轮讨论会已经结束了，现在开始休息十分钟。那些社会人士一直在那吹牛，都听累了。我还收了一些名片。摩艾里有几个人很抢眼，下一轮讨论会上，我打算接近他们。"

"劳苦功高。我现在在会场外面监视负责引导的学生。"

"监视"这个词可能多少有些夸张，好像我的确在执行什么任务似的。正因为身为这个社团的创建者却没有在会场里，所以使用"监视"这个字眼能够减轻我的罪恶感。

几分钟后，从礼堂那边又走过来几个人，既有学生也有身着正装的社会人士。我将头扭向一侧，尽量避免与他们的视线交汇。

看来他们是中途有急事，必须要先离开。看起来像摩艾成员的学生们跟着身着正装的社会人士一起朝校门走去，负责引导的女生便与他们依次打了招呼。

难道她不用换班吗？我正想着，一个男生走近她，接过她手里的文件夹和宣传册。虽然这与我没什么直接关系，但看到此景，我稍微放下了心，毕竟那个女生看起来已累坏了。

刚要松一口气，我突然意识到，这是今天头一次目击摩艾成员的交流，便急忙竖起耳朵。

遗憾的是，他们两人没有说什么特别的内容。

"那你加油，引导的工作就拜托啦。"

"还是外面好，我刚才在里面都要睡着了。"

"一猜就是。我也要去用职业微笑领几张有用的名片喽。"

他们的对话果然不出我所料，没有任何价值，也不包含半点理想。我不由得既感到失望，又有些吃惊。

不过，也许我应该感到庆幸。这个负责引导的女生既然是这样一种态度，就代表摩艾内部也不是那么团结。这种情况对我们很有利。

但即便如此，还是有那么一瞬间，我听到了希望碎裂的微小声音，因为我原本还抱有一丝摩艾成员仍在追求往昔理想的期待。

来换班的男生也有条不紊地做着自己的工作，那之后就没再发生什么新鲜事了。我又收到了董介的信息。

"第二轮结束了。一进到那个叫阿天的家伙所在的组里，就看到他在跟女生套近乎，真是不爽。看样子阿天跟已经走上社会的女性们关系都不错。这轮比第一轮活动好玩多了，大家都貌似在认真地进行着辩论。不愧是社团干部主持的小组。"

"想要粉碎摩艾的家伙自己到头来却加入了摩艾，那就好笑了。"

虽然我不觉得董介会真的倒戈，但他是一个想法既极端却又注重判断的公平性的人，所以也不能完全否定这种可能性。他上次对橙子说，想要看清摩艾的本质再下判断，尽管那只是他随口说出的话，但肯定也是他的真实想法。就算董介真的想要加入摩艾，我也是无法责备他的。想到这里，我又觉得自己会有这些想法实在可笑。

"我也觉得好笑。"看过董介回复的消息，我决定换个地方。看样子在这儿一直盯着这个男生，也不会有什么大收获。

这时又一个女生来换班了，我站起身，朝着礼堂走去。

摩艾把交流会安排到学校里人比较少的周末举办，这对我们来说也是件好事。尤其是走在路上的时候，校园里的人很少，这样就更方便我去捕捉摩艾成员的身影了。不过若是近距离撞上了摩艾的人，到时候就得全靠董介给我准备的这身行头了。好在这是一个单向透明的战场，我可以凭借他们的衣着和发型来判断他们的身份，而他们却无法通过我的特殊装扮知道我是谁。

走近礼堂的大门，我看到门前站着几位身着正装的男女。他们很有可能是大四学生，或者是社会人士。以防万一，我远远地绕开他们，走过礼堂大门。

不远处就是一家位于学校里的咖啡馆，那里就是我的下一个去处。这家咖啡馆在周末仍为学生们开放。今天来此一边喝咖啡一边享受空调送来的丝丝凉风的客人真不少，但幸好窗边的位子还空着。从这里虽不能直接看到会场的入口，但礼堂前的十字路口却一览无余，那是参加活动的必经之路。而且正如我所期望的，店里坐着四位女生，她们都像是摩艾的成员。

我点了咖啡，坐到窗边，注视着窗外的同时翻开手里的书，耳朵则仔细听着那四位女生的闲谈。

她们和我就隔着一张桌子，一个个煞有介事的样子。但就算摆出一副一本正经、胸怀理想的模样，女生们的闲谈也仍旧是闲谈。就在我这么想着的时候，她们却突然开始提到一些让我感兴趣的事。

"唉，那个阿天，我一直搞不懂他哪里来的这么大的自信。"

阿天！

就是那个写博客的人。这正是我想要听到的内容。

我趁机若无其事地扭过头，瞄了她们一眼。四位女生都身着正装，但没有一张我熟悉的面孔。其中的一个女生提起阿天来，口气非常随意，由此可以推测她同样也是大四的学生。

"是不是衣服给他的自信？我也说不准，可能他天生就是那个样子。"

"要真是天生的，我就不会觉得他那么别扭了。"

"还真是哦。看阿宏训他时，他那副不乐意的样子，所以他的自信肯定是后天形成的。"

"这人有这么复杂吗？说不定他一开始只是只蝈蝈呢。①"

其中一个女生说了句引人发笑的比喻。

"那阿宏就是蚁后。"

"蚁后可是会饿死的啊。"

耳边传来了一阵轻微的笑声。看来阿天在摩艾中扮演的是小丑的角色，所以大家都喜欢拿他开玩笑。但这也正好体现出了他的人气之高，人气高到这样一家小店里都有人会开他的玩笑。

那四个女生的话语中把阿宏形容为蚁后，这让我多少明白了一些事情。

"有人说他们两个很般配，我怎么能把阿宏交给他？"

明明是在人背后嚼舌头，但从话里却听不出有什么恶意。

"阿宏应该找一个穿着高级西装、蓄着胡子的成熟中年男人，这样才般配。只有那样的男人才可能让阿宏露出娇柔的一面，毕竟她也是个身经百战的战士了。"

"那不都是你的品味吗？"

她们又笑了起来。我本打算把注意力集中在窗外，但偷听她们的对话让我有了更大的收获。

这四人中的一个看似还算稳重的女生突然话锋一转。

---

①此处引用《伊索寓言》中《蚂蚁和蝈蝈》一篇的典故。——编者注

"你不去交流会那边好好指导学弟学妹们,这合适吗?"

"有什么指导不指导的。阿天之前跟我说,要是没时间也可以不过去。"

"你这不是有的是时间吗?"

这一句反驳得真漂亮。

"倒也是,那我差不多过去吧。"

"我们也要为了蚁后和蚁巢辛勤工作,但不要对蝈蝈有任何怜悯哦。"

"你可真狠。"

看来这四个人里面肯定有一个"人狠话多"的意见领袖。

"我才不管他,他那种人来交流会就是为了勾搭年长的美女。"

"他上次得手的美女,后来怎么样了?"

"好像已经不联系了。"

"什么意思?"

"就是又把人家甩了呗。"

"据我了解,这种自负的男人非常喜新厌旧。"

"他这是天性,改不了了。就是这么回事。"

她们那边传来椅子与地面摩擦的声响,貌似一个女生站起身来,剩下的三个女生也跟着推开椅子站了起来。很快,我就隔着窗子看到那四个人走向了十字路口。

视线虽然追随着她们,但我的心却已经在惊叹自己的好运气了。

她们的对话要是放在平时，只会被我当作背景音乐里的杂音。但今天完全不一样。恰好她们四个人来到这家咖啡馆，恰好她们附近有空桌子，恰好她们聊到了阿天。这样连续的巧合让我非常非常惊讶的同时，也产生了要感谢幸运女神的想法。这次偶遇完全不在我的计划之中，只是好运气降临到了我的头上。

不敢相信竟然这么快就会有突破！虽然现在收获还很小，但就在这么短的时间内，我很可能已经找到了我要的突破口，由此就可以挖出摩艾的绯闻和花边，给这个社团带来风波。

我透过平光镜盯着桌子上的木纹，同时心里却在想，摩艾公认的干部竟然在活动中想方设法满足自己的原始欲望。这件在我们眼里愚蠢至极的事情，此时或许有极大的利用价值。至少摩艾中有这么一个人——他将交流会当作狩猎场，而他的猎物就是受邀参加交流活动的社会女性，如今他已经成功地捕获了猎物，甚至还把到手的猎物轻易抛弃。就凭这件事，只要我们能找到确凿证据，肯定就能在整个学校范围内引发人们对摩艾的反感。这个家伙若是没什么名气，那肯定是不行的。不过幸运的是，这个名叫阿天的家伙，既是大四的学生，又负责摩艾活动的运营。身为社团骨干竟然干这样的勾当，或许仅仅利用这点就可以达成我粉碎摩艾的目标。

接下来该考虑的就是如何获得证据。如果我们能当场目击到他乱来，那当然最好，但是只有我和董介两个人，恐怕是没办法"24×7"地监视他的行动。或者，直接去找出那个阿天甩掉的女生？可她又不大可能会再到交流会上露面，我们确实也没有地方能打听到她究竟是谁。

若是能查到阿天那家伙本人的邮件或是网上留言，就万无一失了。不过，要怎么样才能查到呢？

陷入沉思的我将一切注意力都集中在了思考上。

这样反倒忽视了窗外的情况。

我没有注意到，一个我认识、同时也认识我的人，正朝这边走了过来。

他突然敲了一下窗户，吓得我起了一身鸡皮疙瘩。

朝窗外看去，的确有个人站在那里，但我一瞬间认不出他是谁，紧张像闪电一样贯穿了我的全身。我没来得及换气，就一不留神把喝下去的东西喷了出来。那人穿着牛仔裤和松垮的衬衫，看样子根本不在乎我受到了多大的惊吓。可能就是想吓吓我吧。但马上他露出温柔的笑容，我看出了那笑容中带有一丝放弃的意思。他朝我挥了挥手，便离开了。

一切都在意料之外，我愣了几秒钟，甚至分不清他是不是我的幻觉。这一切肯定就发生在眼前，我急促的心跳再一次证明了这一点。

可能运气这个东西总是守恒的，有好的时候，必然就有坏的时候。

我为了让自己冷静下来,又喝了一口咖啡,将一只手按在胸前,做了一次深呼吸。

"为什么,他会在这里……"

我不禁自言自语了起来。

那个人的出现着实让我吃了一惊。虽然也在学校里见过他几次,但从上次跟他讲话到现在已经不知道过了多久。幸好他没进到咖啡店里来跟我叙旧。

不过那家伙究竟在这里做什么呢?要是不出意外,他应该在今年三月就已经硕士研究生毕业了,难道说他留级了?

或者说,他虽然已经毕业了却仍然经常到学校来,同时还参加着摩艾的活动?我想起来了,他的确是这种人。

那个学长名叫胁坂,是一个不顾体面,也不懂得顾及他人,只为自己的兴趣而生的人。

至少我是这么认为的。他从过去就一直关注着摩艾的活动。

那时我还是大一的学生。胁坂突然对秋好有了兴趣,虽然没有正式加入摩艾,但经常关注社团的活动,有时也会站出来提些建议,或者四处替摩艾做宣传。

可以这么说,他是在摩艾的组织价值观发生变化之前,就为摩艾注入了这种变化基因的人。虽然真正把摩艾推下悬崖的并不是他,但我像厌恶如今摩艾的骨干们一样,也厌恶着他这个人。即使我心里很清楚，摩艾的堕落之因不在于他，然而我内心中的情感却无法和大脑中的思考保持一致。

他竟然还能认出穿成现在这个样子的我，恐怕这身伪装本来就意义不大吧。

我提高了警惕，继续喝起咖啡。这一杯下去，我在这里又泡了一节讨论会的时间。董介又发来了消息。

"又一节讨论会告一段落了，待会儿还有最后一节。我也累了，橙子的眼睛都没光了。我打算待会儿带她去喝一杯，咱们就在那里会合吧。"

"OK。橙子的那份儿我来出。你有没有收集到有关阿天的情报？我听到传言说，他和社会人士之间有些不大好的关系。"

"明白了。待会儿我去他那一组看看。"

看到董介的回信后，我站起了身，这是今天能获得情报的最后机会了。我打算稍稍深入敌营，到礼堂附近走走，等一切活动快要结束前再离开学校。

我将咖啡杯和托盘送到了前台，店员向我点头道谢。来到了室外，我才忽然发现已经到了傍晚时分，太阳落到了半山腰，风也凉了起来。

我朝十字路口走去，不少参会的社会人士和学生们正匆忙地从礼堂里走出来，可能是赶着去工作或打工吧。因为吸取了被胁坂突袭的教训，我特意放低视线，免得再遇到熟人，同时这样还能窃听到一些对话。

低着头的我，祈祷着不要引起任何人的注意。

我忽然意识到，这就像我大学三年来的生活方式。整整三年时间，只有在一小段光阴里，我身边有个光芒四射的朋友，而她的光芒也照亮了我的生活。自从她离开后，我开始一个人悄无声息地生活，一直到今天。不过，我也不是完全的形单影只。

在那之后，称得上是朋友的人，也只有董介一个了。能和他成为朋友的原因，也并不全在于我自己，而是在于生性正直的董介从不挑剔他人。大二的时候我和他在一起打工，所以能够经常碰面。在那段时间里，他对所有人都一样随和，这里面也包括我。几个月后我们都辞掉了那份兼职，但两人之间还保持着联系，如今甚至走到一起成为了"同谋"。

这么一想，我让交友广泛的董介浪费周末的时间陪我做这样的事情，恐怕还是不大合适的。所以我打算过一会儿再好好问问他到底是怎么想的。

我已经走到了十字路口的中央。

此时恰好从礼堂方向走来一伙人，叽叽喳喳地非常热闹。我稍微抬高视线，看向他们。

这一次，不知道我的运气算好还是算坏。

那个人，就在那里。

就只差那么一点，如果我再早点抬高视线，很可能会四目相对，那个人就会发现我。

她和周围一群人都拐向了我来的方向。

我呆滞地停留在原地。

我真是不长记性，又大意了。

后来才知道，在那之前董介就已经把信息发到了我放在兜里的手机上。

•"会长出去了！"

时隔许久再一次见到那个人，我的身体先于脑袋做出了反应。

我先感到一股寒气袭来，然后起了一身鸡皮疙瘩。明明感觉到寒意，可后背却流下汗来。双手下意识地握紧成了拳头，再松开手掌时，手心留下的都是指甲印。想呕吐的感觉一直顶到了喉咙。

这时我的大脑总算追上了身体的反应。或许是大脑在一时间无法解释我当下的感情，因此我的思绪一度陷入到了混乱里。不过现在，我总算明白了，原来我对阿天和胁坂产生的负面情感不过是"假货"。

而现在感受到的，才是货真价实的厌恶。

我终于体会到了它。这两年间我之所以能够保持理智，对摩艾睁一只眼闭一只眼，是因为我一直没有去直面它。

从我这里夺走摩艾的人，就在我身后的数米之外。

人类只有看到实体，才能产生真正的情感。

那个人就是摩艾真正的统治者，对于我和董介来说的大 boss。那个人认同并运营着已经堕落的、扭曲的摩艾，直到今天。那个人就是阿宏，摩艾社团现在的会长。

我再一次寒毛直竖。这个距离，我甚至可以转身就抓住阿宏那家伙的肩膀，直接向她吼出我的恨意。但是现在我不能这么做，为了改变摩艾，我不能做那样荒唐的事，让我们的计划半途而废。

确实不能再在这里待下去了，这样实在过于显眼，而且对方也有可能认出我。

我拼命地甩开脑中对阿宏的恨意，朝着相反的方向迈出了沉重的脚步。走过通往礼堂的路，我打算回到最初的长椅那里。此时的我需要整理一下自己的思绪了。

就在这时，另一个负责引导的戴着眼镜的女生凑了过来，看起来很认真地低下头对我说了句"您辛苦了"。我终于走到长椅边，瘫软一般地坐到了上面。

之后的一段时间我没有再走动，这当然也是怕接近礼堂会正巧碰上阿宏。不过主要还是因为，我被自己这巨大而又沉重的感情耗尽了力气。

结果，我没有再能继续自己当天的调查，只是等到心跳恢复原本的节奏后，就离开了学校。

* * *

我走到董介家附近的连锁咖啡店消磨时间，同时也等着他们两个的消息。距离交流会第一部分结束已经过了一个小时，董介终于又发来了消息。

看样子，董介和橙子在交流会结束后直接去了居酒屋。我看到董介发来的地址，那地方就在第一次与橙子见面时去的咖啡店附近，也就是说离她家也不远。我刚站起身，正想着董介还真体贴，便又收到了董介发来的消息。

"你可别换了衣服再来哦。（笑）"

不用他强调，现在的我也没带着可以替换的衣服，但好歹要把帽子、眼镜和大围巾塞到单肩挎包里。收拾妥当后我就走出了咖啡店。

没法骑自行车过去，我只能坐了十分钟电车来到董介说的居酒屋。这是一家连锁店，里面是半开放式的包间，我和董介去过很多次这个品牌旗下的其他连锁店。大学生们在找地方吃饭的时候，事先了解菜单上的价格是非常重要的。

我进到店里，报上董介的名字，服务员立刻把我领到了他们俩的位置。我现在挎着单肩包，穿着夹克，和白天比起来要正常得多。橙子虽然单手撑着脸，一脸困倦地坐在那里，但很快就看到了我。

"啊，枫学长，您辛苦了。您怎么穿成这样，是去约会了吗？真让人羡慕。"

疲惫加上酒精，橙子的脸现在已经红得像个熟透的苹果。

"辛苦了。啊，你倒是穿正经点再来啊！"

"哪有什么正经不正经的。你们两个也都辛苦了，今天是去交流会了吗？"

我们的计划并没有透露给橙子，所以我只能故意装作不知道。这是一张四人长桌，他们两人对面而坐，我挨着董介坐了下去。

"今天的交流会怎么样？"

橙子穿着很正式的白衬衫，脖子已经跟脸一样变得通红。听到我的提问，她用力转了转脖子，答道：

"真的累死了！"

话中是满满的情绪。

"真的要累死了！这就是找工作吗？我做不来！我还没升上大四就要化成灰了！"

"唉，今天的日程比较紧张，而且我还发表了好几次意见。"

"唉！我真是受够摩艾那帮人了！我都说完意见了，他们居然还问我是什么意思？我都说完了！该你们说了！"

说完橙子喝了一口手中的鸡尾酒。看来她比我想象的还要激动。还好此时的咖啡店里非常热闹，把眼前这位女孩子的大声牢骚话都淹没了，于是才没有引人注意。

"你听我说啊，枫学长。你先来点菜吧。"

即使心情再怎么激动，橙子也没有忘记照顾别人。在她的催促下，我赶紧向身边一脸微笑的服务生要了一杯生啤。啤酒很快就被端了上来。我们先碰了杯，然后我对橙子说:"那么继续吧。"虽然她装出差点忘了要说什么的样子,但还是打开了话匣。

"就是这个人,这个人!"

橙子指着董介,董介则歪着头,露出一脸夸张的表情。

"他在交流会上和摩艾的人聊得可开心了!就因为他话那么多,才有好多人和我搭话,一开始不是说好了是帮我吗?到头来怎么变成这样了!"

"不是那样的,人家问我的想法,那我肯定要回答人家啊。然后就自然而然地聊起来了,你说是吧?"

董介把话题抛给了我,但我又不在现场,更不知道具体情况。不过董介的确有足够的社交能力及修养,即便不是摩艾的成员,也一样能与他人谈笑风生。

"才不是你说的那样!董介学长一直聊些假正经的话!什么保障地方劳动力、核电站的经济效益,我喜欢的那个随便又轻浮的董介学长去哪了!"

听到学妹的批判,董介开心地笑了。他们俩估计一直都是这样相处的。橙子对董介的评价,就像董介那天在KTV对我说的。

"有什么假正经的,我也一直在考虑这些事啊。你说是吧?"

"不,你刚才说的就够假惺惺的啦。"

"是吧!啊,董介学长要被摩艾传染啦!马上要变成摩艾的人啦!"

橙子担心地大声叹息道。董介马上反驳说："不可能的！"

"要我说，既然都参加了，肯定就得好好配合人家啊。"

这实在是没有必要的借口。我很清楚，董介就是这种人。但应该也不止如此。

"那实际上，你之前那么讨厌摩艾，今天参加了一次感觉怎么样？"

我想听听他的真心话。董介听到后，把两臂抱在胸前，噘起嘴。我可不觉得他这表情可爱。

"嗯，你要听实话？"

"说实话。"

"嗯……"董介开始斟酌他的意见。

"我也不知道该怎么说，就是觉得要是能明确自己的目的，为了追求自己的利益去参加一下也不错。"

"董介学长想得可真明白啊！"

正用筷子分着刚上桌的鸡蛋卷的橙子不假思索地说。

"明确自己的目的？"

"就是说，不去考虑交流会究竟是为何而开，而只考虑如何去达成自己的目的。要是能做到这点，参加交流会也是有好处的。"

"哦……"

我故作随意地回应董介，这也是为了不让橙子看出我与摩艾的关系。董介好像看穿了我的心思，便继续讲了起来。

"以走后门为目的而来参加交流会的学生，要比我想象中还多。他们大多都在讨论环节适当地展示一下自己，到了之后的休息时间，就想尽办法跟社会人士套近乎。因为摩艾规定，禁止大家在讨论环节公开自己所属公司的名字，只允许说所在的行业。要是想交换名片就一定要等中间休息的时候。我也知道我说的话很蠢，说白了，只要女生对自己的容貌有自信，那讨论会上都不用吭声，只要一直盯着自己看中的社会人士就行了。"

"我不喜欢那种女生。"

盘子里，是橙子已经帮我们分好的三份鸡蛋卷。我对她道了谢。"等一会儿上了不好分的菜，学长们再帮我分就行了。"她真的很会说话。

"我也不喜欢那样的女生，但我想说的是，至少对于他们这些目的明确的人来说，交流会还是很有必要的。"

"这想法很有你的风格。"

董介擅长切分情感和理智。

"我承认这是我的真实想法。但这个交流会确实跟橙子以前说的不一样。根本没有什么成为理想中的自己之类的内容。要是有人看不惯这点，那最好还是不要去。这也是为什么橙子会觉得这么累吧。"

"我倒更想知道为什么董介学长玩得这么开心，明明之前还说讨厌摩艾。"

"不，倒不是开心。"

董介瞄了我一眼，压低声音说："但确实对摩艾有了些改观。"看着董介的样子，我就知道他会这么说。但我很庆幸他没有对我说谎。

"不过我说的改观指的不是摩艾全体，我佩服的是摩艾他们的活动安排和准备都非常到位，能让人感受到他们的决心。虽然我也看不惯那些骨干们高高在上的样子，不过我想他们准备这样一场活动，肯定也付出了很多汗水。所以我觉得他们虽然惹人厌，但也很能干。不愧是马上就要步入社会的大四学生。"

董介的话，让我更加明白了他要表达的意思。

"只不过，这种事让大学里负责就业的部门来做就行了，我还是不喜欢这种直接结识社会人士，再设法走后门的做法。总之摩艾没必要做这种活动。说是讨论会，其实只是社会人士得意洋洋地给我们上课。"

"其中有个大叔，给我们讲了他利用周末时间辅导无能部下的事，而且他还觉得很好笑。我真想杀了他。"

"哎，还有那种人啊。"

我向满口恶言恶语的橙子笑了笑，董介认真地批判了摩艾，这让我松了一口气。

"还好，这让我们看清了一些公司的优劣。还有一个好处就是拿到了招聘人员们的名片。"

"倒也是，那个……"

橙子在正装的胸前口袋里搜索起来。那口袋的扣子不用双手肯定解不开，所以橙子使出了很大力气，看起来连纽扣都好像被拽得很难受。

"就是这张，名字叫高崎博文，是个高个子的帅哥，看着就像个人生赢家。是不是挺让人生气的？"

"就是啊，真让人火大。"

"哎，他人可好了。董介学长，你是不是嫉妒人家？度量太小啦。"

还好，至少橙子今天也有了点收获。我们让她去参加交流会，实际上是为了完成我们的计划，要是光让她累了一天却空手而归，那可太对不起她了。

我偷偷地舒了一口气。看样子，这次的行动大体上算是成功了，至少没有失败。关于今后的计划，或者之后再找董介商量，或者吃完这顿饭后去董介家讨论。我一边这样想着，一边把萝卜丝放在鸡蛋卷上，夹起来送到嘴里。这时，橙子突然说了一件令我意想不到的事情。

"说起来，董介学长不是也和别人交换了联系方式吗？"

"啊，是这样，就是阿天。"

"还有这回事？"

董介本想朝着吃惊的我使个眼色，却没能做出来，只是大大地眨了下眼睛。

"董介，你真的要加入摩艾吗？"

"我也以为董介学长要这么做。"

董介耸耸肩,摇了摇头。

"不是不是。只是好几次和他分在一个组,在橙子找别人要名片的时候,正好我和他聊了聊。我拿到 offer 的那家公司,他也去应聘了。只是在最终面试之前,他就被别的公司录用了,所以没再去参加面试。因为这个,我们想着以后一块儿喝一杯,就交换了联系方式。"

对此,我不知该如何反应。

"枫学长,你放心。这肯定是轻浮之人的交友方式。学长和我可要深沉地活下去。"

橙子的话引得我发笑。但同时,一种不可名状的恐惧从心底涌到了我的指尖。

我感受到这份不由自主产生的恐惧,却无法当场去确认真相。因为橙子提议说不要再聊这么无聊的事情了,那我也就不能再执着于摩艾的话题了。为了不把我真正的目的暴露给她,我调整了一下心情,聊了些真正不痛不痒的话题,还就着滋味厚重的菜肴喝起了酒。

眨眼间,两个小时过去了。

店里依旧嘈杂,即使传来再大的笑声,再刺耳的碰杯声,都吵不醒趴在桌上的橙子。想必今天她一定是累坏了,而且又喝了不少酒。

"再说一次,辛苦你了。"

董介去了趟卫生间后,回来坐到了橙子旁边。我拿起面前的桃味鸡尾酒,和董介碰了下杯。

"实在不好意思,让你们承担这么累人的任务。橙子以后找工作,要是有什么我能帮上忙的地方,你尽管说。"

"那再好不过了。我这里完全没问题,也就是在一旁看看学弟学妹们找工作的样子呗。"

"话说回来……你不光跟摩艾的人搞好了关系,连联系方式都拿到了,太能干了。"

要是没有董介在,事情很难有这么大的进展吧。

"没那回事啦,我接近阿天主要也是因为你给我发的信息,而且他也很好接触,真的是那种毫无戒心的人。说真的,真没想到他会找我要联系方式。都跟他说了实话,我不想加入摩艾,但他还是坚持要跟我交个朋友。要是你肯定受不了这种人吧?"

"是啊,我觉得这样的人跟我根本就不在同一个世界里。"

董介笑了起来,好像完全了解我的为人般说道:"我猜就是。"

"那你讲讲,阿天的绯闻是怎么回事?"

话一出口才想起来,我还没有给董介具体解释"绯闻"这件事。于是我就把今天在咖啡店听到的内容全部告诉了董介。

听完之后,董介感叹道:"原来是这样啊。"

"你在会场里见到他有那种举动了吗?"

"我倒是真没看见他直接去占女生的便宜。"

"他一个社团干部要真敢那么做,那就用不着我们来干今天这种事了。"

"那倒也是。不过看起来他的确跟那些经常参加活动的女生挺熟的,他对第一次见面的社会人士都非常热情,一定要跟人家交朋友。所以之后可能会发展到你说的那种情况也不稀奇。一面是花花公子,一面又是正经的绅士,这家伙可太厉害了。"

我听得出来,阿天肯定是招女生喜欢的类型。

"但他不是董介喜欢的类型吧。"

"没错,要不是因为有任务在身,我绝对不愿意跟他讲话。"

我不认为自己真的了解董介的一切,只能对他说:"我越来越觉得让你受累了。"

"那个,我知道你累了,但咱们还得聊聊今后怎么办吧?"

"没问题,boss!"

"嗯,虽然很麻烦,但简单来说,要想让这件事足够轰动,咱们要么引着阿天在大家面前说漏嘴,要么就是抓他个现行。只有这样才是最有效的方法。所以,虽然这话我不是很想说,但我觉得咱们得和阿天搞好关系。"

"你说的对。你说'咱们',意思是他不认识你?"

"我觉得他应该不认识我。毕竟不是同一个世界里的人。而且我在摩艾的时候,他还没加入进来呢。"

说不定在我退出之前,阿天就已经加入了摩艾。但不论是什么时候加入的,像他这种把结识女性和满足自己的欲望作为目的的人甚至成为了社团骨干,这本身就是摩艾已经扭曲的象征。

"那我就联系阿天,看看能不能找时间一起出去喝一杯。不过万一演变成联谊会了,我可是去完成任务的,所以千万要替我向她保密。"

用拇指指着橙子的董介看起来好像还有其他的顾虑。不过算了。我凑近橙子听了听她熟睡的呼吸声,然后说道:

"放心,你在追人家这事,我不会告诉她。"

"瞎说什么呢!"

董介马上看了一眼橙子,压低声音甩出了这句话。尽管眼前是这个同龄的男生,我还是不禁笑了出来。这样看董介越来越不像是在开玩笑了。

"说起来,你见过摩艾的会长吗?"

被董介这么一问,我脸上的笑容瞬间抽搐了起来,或许连董介都看出来了。

"嗯,见过。"

"是个怎样的人?我这个问法可能有点不合适吧。"

"没事,嗯……"

我认真地思考了一下情况,然后简明扼要地回答了董介。

"那个……我想,必须要把它夺回来,当然是说要夺回摩艾。但我更想做的是夺回我们的理想。"

"是吗?"

"嗯。"

"难得见到你这样热血沸腾的样子,那就帮帮你吧。"

面对董介这个可靠的朋友,我从心底再次诚挚地表示了感谢。而董介则对我说:"别搞得这么见外。"

接下来的一个小时,我们把摩艾的事情抛到了脑后,尽情地喝起了酒。

"咱们也差不多该把橙子送回去了吧。然后你到我家把衣服换了。哎,你要是喜欢,这身衣服我也可以借给你。"

"算了,我想赶紧去你那儿把这身衣服还给你。"

"真是的,橙子不也夸你像刚刚约会回来嘛。你不如就穿着这身衣服,再顺便找个女朋友。啊!难不成你还惦记着打工地方的那个姑娘?"

"我又不是以前的你,姑娘什么的早就都忘了。嘿,你赶紧把橙子叫起来吧。"

听我说完,董介试着叫醒橙子,可她完全没有要醒过来的迹象。董介只能用力戳了戳她的肩膀。橙子身体抖了一下,抬起了头,朝我们露出了她那睡得泛红的额头。

"不好意思,我睡着……了。"

"咱们该回去了。"

"好……"

我让董介照顾刚睡醒的橙子，自己来到柜台结了账。

把橙子送回家后，我去了董介那儿。本来是打算在他家继续喝酒的，但最终我们两个人都在不知不觉间昏睡在了地板上。

那晚的梦里，我梦到了一年前和我分手的女生，她那时和我在同一个地方打工。不知为何，橙子也出现在了我的梦里。说起来，不知橙子是什么时候开始叫我"枫学长"的。

可笑的是，早上醒来，我竟还在漫无边际地考虑着"枫学长"这件事。

秋好走下楼梯,正好遇到从走廊经过的我,但仅是用眼神与我打了个招呼。然后,她同正和她走在一起的女生道别,看着那个女生确实继续向楼下走去了,秋好才转过头走到我的面前。

"呀,这不是枫嘛。能在这儿见到你,可真稀奇啊!"

"嗯,我刚去楼上的老师办公室交了报告。"

"原来是这样。那待会儿还有课吗?"

"没有了,正打算回家。你呢?"

"我也没课了,待会儿还要去见一个人。嗯……要是方便的话一起去吃个饭?"

"你这邀请可真够突然的。"

看到秋好和别人开心地聊天,还听说秋好和别人约了见面,这可太稀奇了。我搞不懂,为什么她接下来有约还要邀请我一起吃饭?

"我一会儿要去见的那位同学,她说对摩艾非常感兴趣。刚才跟我在一起的人其实是位老师，我之前跟她讲了有关摩艾的事情，她说班上还有个女生也对摩艾很感兴趣。接下来我要去跟那个女生见个面，所以我想着也让她见见枫。啊，但你要是忙或者不愿意去，那就算了。"

我现在并不忙，虽然不擅于结识新人，但也没有到讨厌见人的地步，就是有件事我很在意。

"也就是说，在她加入我们这个秘密组织前，要先考验她一下？"

"没那么夸张啦。又不是选什么变种人，我们这儿也不是共济会。"

秋好经常被自己讲的话逗笑。虽然不会搞得那么夸张，但我想至少得有个入社面试才行吧。秋好说出的下一句话，让我下定了决心。

"上次那个女生说想加入摩艾的时候，我就想着如果你不喜欢她，那我绝对不能让她加入。我倒是没有什么很讨厌的人，可能脑袋里那根认生的天线坏掉了吧。"

"不是坏了，你是压根儿就没有那样一个零件。"

"你瞎说什么呢！"

秋好笑着拍了拍我的肩膀，补充道："认生好像也是一种才能。"

那时的我，还不知道接下来会有什么样的未来要面对。这当然也是情有可原的。消失而去的人、扭曲不堪的人、起身斗争的人，谁都无法预测未来。

那时的摩艾还只是在眺望着理想。

那一天，我跟着秋好一起去了一家家庭餐厅，在那儿见到了那位准备入社的女生。虽说是和她第一次见面，也仅仅聊了一会儿，但她给我的印象却让我觉得她和秋好并不是一类人。她口口声声说要加入摩艾，这一度让我以为像秋好那样"让人头疼的家伙"又要多出一个了，可结果证明她们完全不同。

这个女生叫寻木美亚，单眼皮，薄嘴唇，给人一种冰冷的感觉，据说母亲是意大利人。而相反的，秋好是那种只要看到她的表情，就能让人感受到她的温度的人。此外，从言谈举止上也可以发现她们两个完全不是一类人。要说共同之处，那就是她也像秋好一样，坚信着自己前进的方向。但她前进的方式却与秋好不太相同。

"如今，我正在学习宗教和经济。我想知道世界运作的原理，也想知道是什么人在驱动这个世界。"

寻木喝着柠檬茶，安静地介绍着她自己。而秋好也毫不掩饰对她的好奇心。简单地讲，寻木是追求道理的人。道理之于她，就像理想之于秋好一般重要。这之后不久，寻木就成为了摩艾的第三位成员。

那时，社团的扩大之势并没有像洪水决堤一般汹涌而不可阻挡。但打开了大门的摩艾，就像河水般流动了起来，这里不再仅仅是我们两个人的舞台了。

三个人变成了四个人，四个人又变成五个人，现在终于可以向学校申请成为正式的社团了。

秋好在感到开心的同时,也说出了下面这样的话。

"毕竟是我说要办社团的,那提交申请的事就交给我去吧。不过,摩艾既是大家的,也是枫的。如果枫觉得哪里不对,就一定要提出来,一定要明确地提出来,要按照你和我都能接受的方式来开展活动。"

这可能就是秋好理想中的模式吧。

那时,没有人会预见到理想也会崩塌,甚至碎裂成微尘消散得无影无踪。

这是距离董介参加交流会两年半之前发生的故事。

距离交流会已经过去了一个多月。

"哦,这不是枫吗!真巧啊。"

"啊,嗯,真巧啊。"

天气渐渐转暖,这个时节的风中已经开始飘起了夏天的味道。我正在食堂吃着荞麦面,阿天正好从我身旁经过。他一脸笑容,身边还围着几个女生。

"太不认生其实也是交流障碍的一种。"

和碰巧遇到的橙子一起吃午饭的时候,她不屑地评价道。

既然有人说认生是一种才能,那自然也会有人认为自来熟是一种疾病。虽然我觉得这个说法很古怪,但价值观这东西确实是不停变化的。正因为这样,那时的摩艾才会发生翻天覆地的变化,而且就连我们自己今后也有可能会发生改变。对此我也只能走一步看一步了。

交流会之后的一个多月里,我们紧锣密鼓地按那时订下的计划行动着。

迄今为止一切都还算顺利。我们开始试着与阿天接触，到现在已经成为了能偶尔一起喝个酒的"酒肉朋友"。阿天的性格是来者不拒，去者不追，这点对我们非常有利。他经常说，只要认识就是朋友。所以对他来说，我和董介已经算是他的朋友了。正如董介之前所说，阿天与我的性格截然不同，恰恰是我最交往不来的那种人。但这次我的运气不错，阿天对我没有构成直接的威胁。我要注意的仅仅是和阿天在一起时，绝不能遇到其他认识我的摩艾成员。

但是，我们的计划中还是出现了一些问题。

"这种大热天还穿夹克，那个人脑子是不是有问题？"

穿着短袖衬衫的橙子如此评论阿天。看样子，这一个月以来橙子愈加厌恶摩艾了。还好她的态度不会过于影响我们的计划。

真正的问题在于，与橙子不同，阿天这个人很少会在聊天时提到不在场的人。反过来说，阿天也不会把我们的事情传到摩艾那里，这对于我们多少也算有利。但阿天从不会提及与他的绯闻相关的女生。我们也会偶尔尝试跟他聊一些有关男女感情的话题，但若是问的太过生硬，只怕会引起他的警觉。所以至今这个方法也只能说还在摸索中。

顺带说一下，关于令橙子讨厌的阿天爱穿夹克一事，其实我也有些新发现。一个月前，在咖啡馆里偷听到摩艾的成员偶然聊到阿天，当时我只觉得自己非常幸运，但事实并非完全如此。事实上，我当时为了伪装而穿的衣服，与阿天平时的装扮极为相似。很有可能是她们中的某个人注意到了我那充满"潮流感"的装束，由此才提起了阿天的话题。也就是说，那时想捉弄我的董介歪打正着，无意间又立了一个大功。想到这里，我不禁再一次认真思考起自己与阿天之间的差异。

午饭后跟橙子道别，我去上了接下来的一节课，之后便离开学校去打工了。

这一个月里，还发生了一个与摩艾无关的变化，那就是我又开始打工了。之前因为找工作的缘故，我停止了课外打工。找到工作后，我用邮件告诉了以前打工地方的店长，他便希望我能回去接着干。虽说要考虑摩艾那边的事，可为了生活还是需要打工挣钱。

从大学出来，骑车十分钟就能看到一家大型药店。从只有工作人员才知道的后门进入，我来到更衣室，在那里遇到了川原。回来打工以后，我经常被安排和她一起工作。尽管我在心里一直很不礼貌地称呼她为"不良女大学生"，但面对她向我打招呼时的那句"你早"，我也只能回复她一句"早啊"。读大一的川原和我是同一所大学的，所以在校园里她算是我的学妹。可是如今在这里，如果说我是新来的，那就要喊她"前辈"，可如果考虑到我以前就在这里打工过，那她又是我的后辈。一个月以来，我们都在摸索该如何处理这种关系，最终我们互相都在说话时加进些敬语来作为解决方法。幸运的是，至今我们还没有在学校里彼此碰见过。

在这家药店打工非常轻松，我要做的只有商品上架和收银，再外加一点杂务。药店在住宅区附近，很少会有奇怪的客人进店，即便来了棘手的家伙，也可以交给店长来处理。有一次，一位客人蛮不讲理一定要退货。川原对他说了句"你什么意思？"，这可把我吓得不轻。不过，除此之外也就没有发生过什么意外了。也是从那时候起，我开始在心里偷偷地唤她为"不良女大学生"。川原的发型显然有意藏住了耳朵，偶尔，我能看到她发丝间闪烁的银耳环，这也算是她的特征之一。

我想，她的生活肯定过得不像橙子那样舒服。那天，我和川原都在努力地工作，基本没有交流，不知不觉已到夜幕降临时分。这个时间很少会有客人进到店里。我们一个人打扫着卫生，另一个人则呆站在收银台旁。

我听着店里的背景音乐，一边放空着自己，一边在收银台边拖着地。而川原正无所事事地站在我旁边。这就是我们店里常有的景象，每天都是这个样子。正当我要经过收银机前时，川原突然向我搭起了话。

"田端同学。"

"怎么了？"

她意外的搭话让我不由得添了分紧张。而她好像自己也没想好要说什么似的，视线向斜上方瞥了瞥，然后又看向了我。

"你之前跟我说过的摩艾,我去体验了一次。"

"啊,真的假的?"

"真的。"

川原说着点了下头,那一瞬间我又看到了她的银耳环。

"他们办了场说明会,我就去看了看。"

"你可真有行动力……"

"我加入了。"

"啊,真的?呃,没什么。"

"毕竟我有的是时间。"

川原告诉我她加入了摩艾时,说的就像她因为闲得无聊而去买了本漫画书来看一样。对此我装出非常惊讶的样子。

但这不是一个偶然。实际上,我这些天来一直都在期望她能加入摩艾。而之所以装出吃惊的表情,实在是因为自己太过小心谨慎了。

这一个月以来,我一直想往摩艾里安排一名间谍,这也是我们粉碎摩艾计划中的一步棋。董介是作为局外人接触摩艾的,而橙子是不情愿参与活动的摩艾成员,因此他们都不是最理想的人选。我理想中的间谍应该是对摩艾感兴趣并主动参加摩艾的活动,能随意地跟我聊聊活动中的见闻,而且还意识不到自己的间谍身份的人。自然不会有这么合适的人选。此前,正当我准备放弃这个貌似毫无可行性的计划时,川原突然找到我,问我知不知道什么有趣的社团。我赌上万分之一的可能性,把摩艾这个自命不凡的团体介绍给了她。"那里可能挺有意思的。"我对她这样说道。

我当然考虑过如果她能加入摩艾,就更方便我收集情报了。但没想到她的动作这么快,今天就加入了。这让我有些惊讶,同时也觉得非常对不起她。

"你对这种社团有兴趣啊?"

"倒不是多有兴趣,只是不喜欢运动,又觉得文化类的社团浪费时间,所以就选摩艾了。"

"是这么回事啊。"

"嗯,难道说我不该进去?他们是宗教团体?"

虽然是以社团的方式存在,但在某种意义上,摩艾的确与宗教团体有几分相似。不过川原话中想问的肯定不是这么回事。我摇了摇头,回答她道:"没那回事,放心吧。"

"那就好。经常看别的社团在招新时都很敷衍,但我感觉,摩艾的成员却都很拼命。我喜欢那些陶醉在自己所干的事情中的人。"

既然如此,她于摩艾,以及摩艾于她都再合适不过了,我在心里这样想到。但这句话肯定不能说出来。而且摩艾也的确像川原担心的那样和宗教有些类似,而这些我就更不能说出来了。于是我敷衍地回答道:

"我也不太清楚,只是听说活动挺多,平时会很忙,可不要耽误了上课。还有就是，希望你能给我讲讲他们平时有些什么活动。"

"你也有兴趣？"

"就是听听。"

"那好吧。"

川原答应了我的请求。这时正好有个客人走向收银台这边，我们便停止了对话。我赶紧继续去拖地，而身后传来了川原"欢迎光临"的招呼声。那声音毫无起伏，就好像在说出这句话时，她连嘴角也没有上扬一下。

两个小时后，我和川原同时下了班。她赶紧到更衣室里换了衣服出来。可让我搞不懂的是，她分明急着换衣服离开，但每当我换完衣服从员工门走出来时，她总是戴着头盔，骑在已经启动的摩托上等着我。看到我之后，她只是冷淡地说一句"辛苦了"，然后便骑着摩托飒爽地离开。每次都是这样。

难不成因为她是混帮派的不良青年，所以才会这么在意礼节？我打开自行车上的锁，顺便看了眼手机，发现董介发来了一条消息。

"阿天好像新找了个女友，是社会人士。"

乍看之下，这条消息不过是在陈述我们的朋友交到了新女友，但事实上这正是我们翘首企盼的狼烟。

"那可真是再好不过了。"

周末的电车里仍然没有空位,董介靠在车门上,听着我给他讲述川原如何通过我了解到摩艾,并且之后一直都在认真参加摩艾活动的事。听完我的讲述,董介有些惊喜地说出了上面这句话。飞驰的电车甩开高楼大厦,驶进利剑般刺眼的阳光中,董介戴着的时髦平光镜也在阳光的照射中变得耀眼起来。

"我觉得咱们的计划,还要再多花些时间。好像川原在摩艾还交到了朋友。"

我想起昨天打工时,川原一脸认真地对我说:"我要跟他们一起出去玩。"虽然有些好奇她是如何交到的朋友,但我当然还是没问出口。

窗外的风景从眼前飞驰而过,这时我突然看到董介朝我背后的方向挥了挥手。不知是不是董介看见了什么熟人,我提高警惕,扭过头看去。一个娇小的女生也正在朝我们这边挥手。看到是她,我便放下了心。

电车继续飞驰,载着一个个家庭、一对对情侣,也载着他们每个人的前进目标。这班车上的大多数乘客,都是要前往几站后的主题乐园的。

然而,我们的目的地却不是那里。电车载着一脸无趣的我们,朝着某个小公园附近的车站驶去。

这是因为,我们被邀请参加一个聚会。

"烧烤会?"

"对,阿天邀请咱们一块去,还会来好多女生。只要给公共邮箱发封报名邮件,再交一下入场费,谁都可以去。而且好像他们已经办过好几次了。"

"恐怕只有轻浮的大学生才会办这种毫无目的的聚会吧。"

"不不不。不是还有那种连谁是主办者都搞不清的聚会嘛。按照阿天说的,这次不会有摩艾的人来,所以不用担心会被他们纠缠入社。来的人都是阿天认识的熟人,所以好像挺安全的。我是想过去看看,你觉得怎么样?"

以上是我们四天前的对话。最终,我实在不好意思把任务都甩给董介,所以就跟他一起来了。这是我第一次和董介一起潜伏到这种开放的聚会中收集有关阿天的情报。

这又是一次潜伏,所以董介声称为了降低暴露的危险,又大张旗鼓地给我换了身伪装。

"枫,你是不是已经习惯了?"

我赶紧否定了一脸狡黠笑容的董介。

"没那回事,要是让熟人看见我这身打扮,我就立刻咬舌自尽。"

"你要是穿着这身'漂亮'的衣服死了,警察都查不到你是谁。"

董介大笑起来。我再一次审视起自己的打扮。上身是浅绿色的夏威夷衬衫,里面穿着一件纯白短袖T恤,下身是黄色的短裤,脚上穿着纯白色的拖鞋,头顶戴着白色的草帽,胸前还坠着装饰项链。这个样子,从远处看肯定认不出我是谁,但要穿这么一身度假装出门,还真是不好意思。而董介则穿着Polo衫,戴着平光镜,那样子比我要低调得多,但又不乏时尚。这点让我很是不满。

"你又不用伪装,干吗还戴着眼镜?"

"可别小瞧了眼镜,它可是能瞬间提高男人时尚度的最强装备。"

"所有近视眼的人都想骂你一顿。"

董介又开心地笑了。他平时就是一个活泼的人,今天又出奇地情绪高涨,也许是阳光的作用吧。还是说,他也盼着见到那些女生?

早知道就把橙子也叫来了。正当我这样想着,电车放缓了速度停了下来。看到车门就快打开,董介把身体稍微挪了挪,让开了车门。我们勇敢地从温度舒适的电车里迈进了外面炎热的世界。

"热死了……"

"待会儿我们还要在这太阳底下烤肉呢。"

我并不讨厌室外活动,可没想到才到六月太阳就已经如此灼人。我在脑中想象了一下烧烤的炭火,心情变得更加沉重。

走出检票闸口,我们看到一群野餐打扮的年轻人,不知他们是否也与我们前往同样的目的地。那群年轻人正朝着公园前的十字路口走去,我为了以防万一,仔细观察了附近所有人的脸,就怕遇到熟人。

"啊,阿天在那儿。"

听董介这么一说,我突然紧张起来。

"喂哎——"董介挥着手开始大声地喊他。我向他挥手的方向看去,那的确是阿天。他一只手提着便利店的塑料袋,另一只手正在摆弄着手机,正要穿过人行横道。董介也没和我商量,就大声地喊起了他。阿天也注意到了我们,一脸笑容地朝我们挥起了手,然后停在人行横道的另一边,等着我们过去。

"早啊,董介。哟,枫今天的行头跟平常完全不一样,没少下工夫吧。我觉得挺好的。"

"没有啦,哈哈。"

我笑着敷衍他,阿天当然看不透我的心思。阿天戴着大大的鸭舌帽,肩上搭着衬衫,手上还戴着在太阳的照射下闪闪发光的银色戒指。看样子,他也没少下工夫。不,这可能才是他平日的装束。

伴着一路上毫无意义的闲聊，阿天带我们来到了会场。为了不在尚未来多少人的时候太过显眼，我们特意到得比较晚。但是听阿天说，现在也才来了不足一半的人。这种时间观念，真不愧是大学生的聚会。这下还得留心迟到的人里有没有熟人，这肯定是件要消耗不少精力的事。

我和董介向专门用来烤肉的空地走去，远远看到已经有几组人在为烤肉做着相应的准备，于是就问阿天，大家与他是什么关系。还没等到回答，他就把我们俩领到了空地上这一大群人中间。走近一看，我吃惊得说不出话来。在远处时我没有发现，原来这群人人数众多，少说也相当于高中的一个班，而这竟还是有一半的人没到呢。这就更让人不禁好奇，他们与阿天到底都是什么关系。

好在我们不用在大家面前做自我介绍。先不提我们的计划，光是被这么多人盯着，就已经让人受不了。我们被带到负责记账的男生那里，交了入场费，然后又被带着认识了几个阿天的熟人。

"你跟阿天是一个大学的？那你学习肯定也很好啊。来这里可千万别客气哦。"

这里的人们几乎异口同声地与我们打着招呼，不说好坏，至少大家看起来都还比较随和。现在我能理解为什么上大学这么多年，我却完全不知道有这种聚会了。

在其他人的催促下，我和董介从保温箱里一人拿了一罐啤酒。这时,正热情地陪在我们身边的阿天突然掏出手机放在了耳边。从他说话的内容来看,似乎是有另外一拨人因为不知道会场在哪而迷了路,所以给他打电话求助。

"不好意思,我去接一下他们,你们随便玩。"

阿天对着我们露出爽朗的笑容,疾步朝刚才来的方向走去。他可真够忙的。我和董介被留在了原地。我们俩默契地对视了一下,拉开啤酒的拉环碰了下杯。第一口啤酒下肚,我便在火热的骄阳下感受到了凉爽的罪恶感。

把注意力放回到聚会上,我马上故作自然地观察起周围的情况。"啊!"身边突然传来了董介的惊讶声。仔细看去,董介正在朝对面一个在烤肉的人轻轻地挥着手。就在我正要问出"这是谁"的时候,董介迅速地告诉我,发出声音的"是明年开始要与我成为同事的人"。原来是和董介即将在同一家公司任职的人。

"我去跟他打声招呼。"董介朝炭火那边走去了,现在只剩下我一个人了。为了掩饰自己的不安,我又喝了一口啤酒。如果在面对这样的场面时也能应对自如,那么我可能早就会知道有这种聚会存在了。

我看着董介跟别人开心地聊天,却突然感觉到身边站了个人。就在我扭过头之前,她先叫出了我的名字。

"田端君,你怎么会在这儿?"

我扭头看去,吓得不禁退了两步,手里的啤酒也洒在了地上。

"川原君?"

虽然是疑问的语气,但此时站在我眼前的,毫无疑问就是和我一起打工的不良女大学生川原。

我刚到这里的时候,的确已经用目光扫过每个人的脸。这家伙刚才肯定还不在这里。

川原问我"怎么会在这儿",这也是我想问她的台词。

"真巧啊,你也会参加这种聚会。"

"是、是啊。"

"还有就是。"

川原从头到脚地打量了我一番。

"你这身衣服,真是让我意外。"

真想立刻咬舌自尽。

"不是,这是朋友非让我这样穿的。"

"挺适合你的。"

"谢、谢谢你。"

这肯定是出于礼貌的客套话,但她的语气却比打工时更加温和。她的便服和往常一样以黑色为主,但比打工时穿的要更随意,上身是短袖,下身则穿着牛仔裤。

"川原,你怎么来这儿了?⋯⋯"

我闭上了刚刚张开的嘴,无论多么意外,既然我都来了,怎么能否定她来参加的权利呢?

"川原也会参加这样的聚会啊。你上次和我说要出去玩,就是来这儿吗?"

"正是，我跟朋友一起来的。"

顺着川原用目光指向的方向看去，我看到一个女孩正在向一位貌似学长的人鞠躬，也许就是这个学长邀请她们来的。

"田端君，你是因为什么来这儿的？还是说你是聚会的常客？"

看来她还没有相信我这身衣服是被董介逼着穿上的，所以还得好好跟她解释一下。

"不、不。你知道摩艾的阿天吗？他是摩艾的核心成员。然后，那边戴眼镜的男生是我的朋友，他叫董介。董介跟阿天也是朋友，所以我就跟他一起来了。"

我失去了冷静，不仅解释得很复杂，还一不小心说得有些快。虽然担心这样一来会产生怀疑和误解，但川原听后却对我点了点头。"阿天，我虽然没跟他说过话，但是见过面。"

我和川原之前几乎没在私下里聊过天，而且我们都是不太会说话的类型，所以这场尴尬的聊天很自然地进入了短暂的沉默。就在沉默让气氛变得更加尴尬之前，救世主董介终于走了回来。

我跟他四目交会，他的眼神似乎在问我旁边这个女生是谁。

"董介，她……这位是川原同学，是咱们大学一年级的学生，我跟她在一个地方打工。"

我犹豫了一下，还是在介绍里说出了川原的名字，因为只用第三人称的话，会显得太过拘谨了。

我指着董介对川原说："这就是我的朋友。"川原很自然地鞠了个躬，然后不带有任何情绪起伏地说道："你好，我叫川原。"这种时候，如果换成我的话，一般会更加礼貌地应对。董介则不然，只看到他如何对待橙子，我就知道他很擅于和学妹们打交道。

"哦，你好！我是枫的朋友。我猜这家伙肯定在打工的时候给你添了不少麻烦吧。还请你见谅哦。"

"你又没来打过工，你怎么知道？"

我下意识地像往常一样对着董介吐槽。话刚出口，我赶紧看向川原，心想这样会不会吓到她了。谁料，她却稍微扬起了嘴角。

"没有那回事，我平时经常受到田端前辈的照顾。"

"没有没有，我才是受你多多照顾的人。"

因为确实不记得平时怎么照顾过她，我赶紧补上这么一句。董介可能故意曲解了"照顾"的意思，露出了戏谑的眼神。我趁他下一句玩笑话说出口之前，赶紧转移了话题。

"跟川原一起来的那位朋友，她也是摩艾的成员吧？"

"是的，等她回来了我再给你们介绍。"

川原正说着，那位朋友就朝我们这边走了过来，我们马上相互打了招呼。这个女生看起来非常开朗，川原有这样的朋友着实让我感到有些意外。我心想，朋友可能就是需要性格互补吧。

我以略带玩笑的口吻对她说："不用在意我们，你们放开玩吧。"川原马上回答道："田端前辈也是。"我虽然也自然地点头回应，可心里却在想怎们可能不在意她们。

现在只剩下我和董介两个人了，董介不出意料地戳了戳我的肚子。

"田端学长，你又要对打工的学妹下手了吧？"

"不、是、那、样。你再这么说，我可就要跟橙子告状，说你到这儿来物色女孩子了。"

"哪有你说的这回事！唉，算了。不过真没想到，这么快就遇上熟人了，我们得提高警惕。"

他说得没错。

接下来，还是需要仔细观察参加聚会的每个人。

"穿着这身伪装，还是一下子就暴露了。我真想赶紧把衣服换了。"

"但是川原也没有觉得奇怪吧？"

"她说我这身打扮太轻浮了。"

川原那句出于礼貌的评价，我并没有告诉董介。

不久，阿天领着一位十分漂亮的女生走了过来。看样子，今天来参加聚会的人里，有许多都认识这个女生。而她的出现也让在场的几个小群体热闹起来。

"这女生还真可爱啊。"

虽然董介只是感叹了一句,但我却觉得有必要向橙子告状了。

我们来这儿既不是为了看漂亮姑娘,也不是为了在艳阳下吃肉品酒享受罪恶感的。完成任务才是我们来此的目的。

而今天的主要任务就是等阿天说漏嘴时,趁机打听他和女生之间的绯闻。如果可能,最好是从他的口中直接听到那些传闻相关的事。

所谓传闻,就是阿天把摩艾当作结识女性的平台,向已经走上社会的女性露出獠牙,品尝秀色之后再将其抛弃。我准备从阿天的话语中找出可靠的证据,然后利用这些证据把摩艾的恶行公之于众。事实上,我胸前的口袋里此时就装着录音笔,并且已经记录了从下电车到此时为止所有的对话。我们本打算将阿天的"口供"直接传到网上,但考虑到会暴露身份,也只能放弃这个想法。

毕竟我们是以少敌多的行动小组,只能采取最隐蔽的方法。

首先,我们需要接近阿天目前身处的小群体,并且和他们展开对话。可这偏偏是我最不拿手的事情。成功接近阿天的朋友并和他们自然交谈,在我看来是非常具有技术含量的事。当然我也不是完全做不到,只是交谈时会很不自然。

与我正相反,董介非常擅长这些。他可以既自然又舒适地与他人攀谈，这样就能弥补我的不足。

我想阿天应该是这次活动的发起者之一，最好的证据就是大家遇到了问题时一定会先喊他的名字。一会儿有人问他哪里可以领饮料，一会儿有人要他帮忙烤肉。阿天则一概笑脸相迎，一边开着玩笑，一边游刃有余地帮大家完成这些事情。真不愧是在社团中身居要职的人物，我不禁在心里感叹。若他仅仅是个虚有其表的轻浮之人，又怎么会有人这样追随他呢？

董介跟我连声招呼都没打，就开始行动了起来。他说："难得来了，我们也吃点什么吧。"说罢便大步朝烤肉架走去。我跟在了他身后。

"阿天，这个我们能拿吗？"

"随便拿吧！"

董介朝着正在分烤肉的阿天问了一句，就拿起了两套餐具，递给我一套后，他又凑近阿天说道：

"也给我们夹点肉吧。"

"真是的，怎么一个个都来找我要肉吃，等着！"

阿天做出一副很不耐烦的样子，但实际上心里一定非常开心。董介一脸笑容地说道："刚刚我看大家都找你要烤肉，你的烤肉技术肯定特别好。"周围的人听到董介的话，一起笑了起来，也都找阿天要起肉来。周围的女生们看到这个情景，也都被逗得笑了起来。我站在董介身旁也合群地笑了笑。

站在这里等肉烤好,这样的行为此时看起来绝对是很自然的。趁着肉还没烤好,董介开始向周围的人介绍,说我和他还有阿天是同一所大学的,今年才刚刚认识。其他人大概比我们和阿天相处的时间更久吧,对董介说了许多我们不知道的阿天的趣事,想来也是以此来打趣阿天。董介则配合地说道:"哎?我还真是头一次听说呢。"这让周围的家伙们充分获得了人际关系上的优越感,他们在欢笑声中继续嘲弄着阿天。而此时的我只是笑着观察他们交流的过程。

话题自然而然地延伸到董介与阿天是如何相识这一话题上来了。考虑到阿天到这时还没怎么说过话,董介便展现出了他高超的会话技巧。他只是开了个头,说了一句"是这么回事",然后看向阿天。阿天立刻补充道:"之前董介来参加了摩艾的活动。"话题由此被我们自然地引到了摩艾上。

对此,周围的人们并没有显出多么惊讶的样子。

阿天一提到摩艾,大家马上都笑了起来。他们中的一个人问道:"天野,你还在搞那种祈祷世界和平的活动啊?"看来大家发笑的原因,很可能是来自于对摩艾的印象。

"好好好,不是一直在说,虽然确实在祈祷世界和平,但我可不是什么英雄嘛。"

阿天的打扮跟他的台词意外的搭配,这又引得大家笑了起来。

"你好像在那里还是个重要人物吧?"

"虽然没那么厉害,但也肯定比你们为社会做的贡献多。"

听到阿天的这句话,人群中有人发出抗议的声音,大家顿时沸腾了起来。

"说什么呢!? 没你多!?"

这时,刚才由阿天领进来的那位女生端着饮料走了过来。

"那可不是,阿天很受会长的重视呢。"

话音刚落,阿天就喷出了刚喝下去的半口水。

"不不不,怎们可能!每次我一偷懒,她就会火冒三丈,我可没少跟她吵架。那个阿宏虽然是会长,但特别烦人,比我老妈还要烦。"

我本以为阿天不太会谈论他人,但现在却突然话多了起来。

"是个女生? 她可爱吗?"

"在这儿的所有女生都比她可爱。"

听到阿天这句玩笑一般的夸赞,周围的女生们都笑了起来。一个戴眼镜的女生说:"就是因为你对谁都这么说,才会被人甩啊。"这真是一句对我们的任务非常有利的话。我们最想听到的就是阿天恋爱方面的情况。

这才是我们来到这里的目的。

然而事实上,在听完阿天的这番言论后,我却感到非常不痛快。

此行的目的就摆在眼前，但我的感情却怎么都无法和眼下的情形保持一致。

对此，我自己都觉得很奇怪。我本看不惯如今的摩艾，看不惯他们那如同信仰宗教领袖般追随现任会长的样子。但此时此刻，听到这个社团里的干部批判会长，我不禁在想，难道如今的摩艾已经堕落到了连干部们都要相互倾轧的田地了吗？这让我的心中又一次翻腾起了失望和愤怒。

我明白，此时不能就这样放任自己的感情失控，还要冷静地聆听周围的声音。

说起来，刚刚那个女生在话语间提到的，似乎并不是阿天甩了别人，而是被人甩。难不成阿天对在场的所有人都说了谎？

那位董介觉得十分可爱的女生，边喝着罐装啤酒，边说道：

"我觉得那个会长肯定是喜欢你。"

"都说了，我们总是吵架。"

"女孩子们都是这样的。"

她这说法，就好像自己代表了所有的女生。也许是她很清楚自己容貌的力量，所以才会这么说的吧。

"你们都是一个大学的，你们觉得呢？"

可爱女生突然向我们抛来了问题。若是在平常，我肯定会惊慌失措，不知该说些什么。幸运的是，此时我正打着十二分精神，所以这次的反应比董介还要快。

"我们完全不认识那个会长，对吧？"

"就是啊。我去参加活动的时候，也看不出她对阿天有什么特别的态度。"

董介顺着那个女生的思路做出了回答，可好像不太令她满意，或者她本就对我们不感兴趣。她只是看了我们一眼，又立刻望向阿天说："天野就是很容易喜欢上别人啊。"她讲的话与我们的回答没有任何联系。

我自然是不喜欢她这样的态度。可活到今天，如果一一介怀这种事，恐怕我早就被气死了。况且她的话又在无意中对我们起了帮助。

"对了，你不是又交女朋友了吗？"

人群里的一个男生高声问道。周围的气氛瞬间被引爆。有人甚至为了凑这个热闹，开始使劲往人群里面挤。在大学生这个物种里有这么一类，他们如果不事事都凑个热闹就会感到焦虑。看来今天到场的人中，这样的家伙来了不少。

阿天说道："这事就不提了吧。"说完马上喝了一口放在手边的啤酒。我看到他的脸上失去了往常的笑容。难道说他对自己的行为抱有罪恶感？即使他的劣迹暴露了，想必他的这些"朋友"也会轻松地接受这个事实，而不会有人批评他吧。还是说他是不想在众多到场的女生面前暴露自己？

"真的吗?那可真是要恭喜你了,是个怎样的女生啊?"

"不会是又找了一个公司的大姐姐吧?"

"咱们来好好庆祝庆祝,这次的姑娘应该没问题吧?"

此时,人们说给阿天听的这些话,与其说是祝福,更像是在调侃他。不过这也是他们平常的交流方式。但更令我在意的是,他们的话语中好似都饱含着对阿天的担忧。

阿天抿起嘴唇,老老实实地听完了每个人的"祝福"后,拿起手里的烤肉夹用力地夹了几下,发出响亮的声音。这声音又一次吸引了每个人的注意力。然后他只说了一句话。

"我没交女朋友——!"

我和董介交换了一下眼神。

"跟我们听说的不一样啊!到底是什么情况?"

一个染着金发的人看了一眼阿天,又看了一眼刚才揭露阿天的男生,说道。我一直盯着阿天的一举一动,同时为了显得不过分刻意,还专门把啤酒罐抵在了嘴上。

"别提了,这事儿太丢脸了,我真的不想说。"

他的眉角耷拉了下来,露出一副自嘲的笑容。

我想,这副表情也许就是他能在这社会上生存下去的特殊技能。

"我在摩艾负责管理名册,所以很多人都知道我的联系方式,每次交流会之后都会被叫去吃饭。"

"是你跟女生们搭讪的吧?"

"没有搭过讪！是她们说要放松一下。而且我告诉她们的联系方式也是专用的，平时我不用。但是，你们也懂的。有的时候也会看到感觉不错的女生，活动结束后也继续保持联系。再之后，就是女生那边会主动邀我去约会。"

"然后你就乐呵呵地去了？"

有个女生笑眯眯地问。然而阿天只是摇摇头。

"没那回事啦。不是我太随便。你看，面前这些人邀请我的话，我也会去的。"

阿天依次用手指着他的男性朋友们。

"成熟美丽的大姐姐邀请我的话，那我肯定也会去啊。"

人群中有一个人脸上露出做作的表情，还发出了赞同的声音。

这正是我想要看到和听到的。

"我也是，如果有成熟的男人约我的话，我肯定也会赴约。"

刚才那个好似代表了所有女性的女生又站了出来，好像要把自己的想象塞给在场的所有人。她说的话虽无关紧要，但却更进一步点燃了女生们的热情，这也成了挖出阿天更多情报的好机会。

而我只想赶快继续听阿天讲"别人约他"的内容。

"正是这样，所以大姐姐们约我，我跟她们出去玩也没什么问题吧？然后我一去呢，两个人之间的气氛就变得暧昧起来，后来又见了几次。唉，这事太尴尬了，我真不想再说下去了。"

阿天想用他的"自知之名"来缓和一下整件事情的尴尬。不只是阿天,这的确是每个人都会用的技巧。

"到头来就不说什么了,只有我自己觉得是和她在交往。人家只认为我们是普通的朋友关系。来来来,相信的请举手,我做个现场问卷调查!"

"真不愧是正经的社团。"

听到有人起哄,大家都笑了起来。当然,即便摩艾再如何扭曲,也不会为这种事做问卷调查的。

"比如说,两个人见了好几次面,然后还牵了手,这样也不算是在交往吗?还是说这样两个人虽然没明确关系,但实际上已经算在交往了?哪个才是正常人的想法呢?"

阿天问的是哪种想法才是更普遍被接受的,但是这种事还不得看每个人的经历吗?我也不知道他能不能获得想要的答案。我和董介都认为牵了手就是默认在交往,所以我们举了手。这就意味着,我们认同了阿天。

如果把我们俩算在内,那么调查的结果就是一半一半。

但比起这个调查的结果,我更在意的是阿天的为人。

"不会吧,看来他们一半的人都觉得即便牵了手也不算是在谈恋爱。那这一半人可比我随便多了。"

阿天的这句话是对着赞同自己观点的女生们说的。而女生们也用不偏不倚的微笑回应了他。

如果阿天说的都是真的,那他就是一个若不谈恋爱就不会和女生牵手的人,更不用说会继续往下发展出不单纯的关系。

"就是啊,你们别看天野表面轻浮,可内心还是处男呢。"

"说谁是处男呢!"

"处男"这个词好像立刻勾起了在场所有人的好奇心。一阵躁动后,人群中的一个家伙看准时机戳了戳阿天的肩膀。

"这不是挺好的嘛,在你坠入爱河之前能看清对方的本质。天涯何处无芳草啊。"

"就是啊。再之前那位小姐姐,可让阿天比这次伤心多了。"

"唉,谁能治治我这个御姐控的病啊!"

虽然阿天想用自己"惨痛的"经历博大家一笑,但我也很清楚现在绝对不该问他刚刚提到的之前那次经历。可看来并不是每个人都像我这么冷静。因为这世界上总是有些人根本不知道什么叫"读懂空气"。

"上次发生什么了?"

一个衣着宽松休闲的女生突然问出了这句话。看起来这个女生明显是别人顺便带过来的,所以之前一语不发,只是在人群中跟着大家一起笑。

瞬间,场内的气氛降到了冰点。但阿天非常擅长打破这样的沉默。

"没事儿,之前什么事都没有!就是我后来才发现,她早就找了个比我更好的男朋友。"

阿天夸张地在头上挥着手,好像要抹掉他说出的事实一般。"快别说了,都要哭了!""自虐秀到此结束了!"周围男生们纷纷喊道。尴尬的气氛立刻消散,场内再次热闹了起来。而发问的那个女生也好像刚刚明白自己问了不该问的事情。

以此为转机,大家的话题逐渐脱离了阿天的情史,十分钟之后就已经彻底切换到了新的内容。我们本以为还能再从阿天嘴里套出一些其他情报,于是尽可能地靠近他。然而,这之后大家只是大口吃肉,互相劝酒,聊聊找工作的事情,很快烧烤会就接近了尾声。

我和董介主动提出帮忙扔垃圾,具体要做的就是把喝了一半的饮料倒掉,收集起空瓶,然后拿到附近超市的可回收垃圾箱扔掉。

我们俩提着垃圾袋走在路上,确认四下无人后,董介先开了口。

"好像跟我们想象的不太一样。"

我犹豫了一下,不知道该不该点头认同。

"还说不准,万一阿天说谎了呢。"

"但是他那样子,看不出来是在说谎。"

我又犹豫了一下,还是不敢贸然点头。结果一路上,直到倒完了垃圾我们俩到底还是没能说出些什么。我和董介的大口喘息声伴随着失望一起留在了录音笔里。

* * *

大约三周后，我竟然通过不可思议的方式了解到了事情的真相。这一切，还要归功于川原。

"阿天那个人，真不得了。"

在打工的时候，川原突然向我搭话，说了这么一句。这倒勾起了我的好奇心。

"田端前辈，你和他是朋友吧？"

"倒也没有那么熟，怎么啦？"

"我以前觉得他只是个特别随便的帅哥，直到我上次跟他一起去喝了酒。"

川原刚上大一，日本法律规定年满20岁才能喝酒，难道说她复读过？回想起自己大一时做过的蠢事，我确实也没什么资格说她。

"他可真是仗义。"

她说了个让我感到陌生的词语。

"你这话是……什么意思？"

"我进了摩艾之后，好多人都提醒我说，阿天非常喜欢勾搭女生，一定要离他远点。然后我这次跟他去喝酒，趁他喝醉，我就问了问他。"

我心想，她可真敢问啊。不过她问到的答案，或许会对我们有利。

"阿天经常和社会上的女性交往，而且还经常遭对方抛弃。但是阿天为了保护那些女性的名誉，在摩艾里一直说是自己主动甩了她们。当然他的原话不是这么说的，这是我总结了他的话。这么一想，他可太棒了。"

虽然川原的语气依旧平淡，但她的话突然变多了，这一点让我看出她现在的内心确实很不平静。我多少有些意外，没想到她会喜欢这种爱装样子的男生，但也可能不是我想的这样。

"像他这样，彻底沉醉于自我的感觉太棒了。"

"……好像我之前也问过，那感觉有那么好吗？"

川原用力地点了下头。

"沉醉于自我的人，也非常容易让周围的人沉醉于他们。现在我明白为什么阿天这么受欢迎了，为什么经常有社会上的女性对他下手了。"

我仿佛预见到，将来的一天，川原也会被某个沉醉于自我的人伤害。不过这些暂且不提，我在脑袋里整理了一下她告诉我的情报，理解了其中的含义后，突然感到一阵失望。

难道说，我和董介，以及那天咖啡馆里的一桌女生，迄今为止都误会了阿天？

打工结束后，我赶紧给董介打了电话。"原来是这么回事。"董介也用自己的方式试探过阿天，看来他也已经知道并不是阿天在玩弄社会上的女性了。此外，听说那个伤害了阿天的小姐姐至今仍和摩艾保持着联系。若真是阿天犯了错，按理说她应该销声匿迹才对。

经过讨论，我们放弃了通过阿天来粉碎摩艾的计划。毕竟再这样走下去，估计也不会有什么想要的结果了。

我们到此的计划，以失败告终。

当听说秋好交到男朋友时，我的确有些吃惊。

"哦，找到就找到了呗。"

"你能不能再多给点反应？"

她在告诉我之前，还特意补充了一句，说是交了男朋友的事由她自己来讲给我实在有些难为情。也就是说她是下定决心后才告诉我的，然而看到我的反应不大，反而感觉有些不满。她的脸开始泛红，不知是因为愤怒还是羞涩。

我的确有些吃惊。一方面是因为秋好和她的恋人也是通过摩艾结识的，而且对方也和我相识。可最令我吃惊的还是……

"原来你这样的人，也会对恋爱感兴趣啊。"

"枫一直把我当成什么人了！"

我一直把她看作秋好寿乃。

作为大学生，谈个恋爱是理所当然的，而且即便她有了男朋友，我和她之间的关系也不会发生什么变化。这是因为在她开始恋爱之前，我们之间的接触就已经变少了。

那时正是学校开始承认摩艾的正式社团地位，摩艾成员增多并急速发展的时期。

摩艾开始举办一些小型的志愿活动和援助灾区活动。那时的摩艾不仅成员越来越多，甚至还得到了社会人士在背后的支持。有了这些后盾之后，曾经被看作怪人的秋好在校内的形象焕然一新，知名度也逐渐提高。某个女教师将秋好请到讲台上，请她给许多正在运营中的学生社团提建议。学校还将秋好印在宣传册上，将她塑造成了新的学生带头人。

此外，校内很早以前就存在着一个由研究生运营的以让学生自主选择职业为理念的团体。这个团体不仅没有排挤秋好，甚至大力支持秋好的活动，好像秋好是他们努力培养的后继者一样。不仅如此，他们还向摩艾提供了资金上的帮助，以及毕业生们的人脉，这更加速了摩艾的成长。而这个就业团体在那时就已经开始举办小规模的交流会，这就是如今摩艾交流会的雏形。

于是，摩艾立刻成长为拥有数十名成员的庞大组织。一切来得都是这么突然，谁也不会想到，摩艾会在这么多的巧合中顺势而上，发展壮大。只不过在那时，还不知道谁才是最大的受益者。

那一段时间里，秋好也曾询问过我几次。"枫，摩艾这样发展下去真的好吗？""这会不会不是我们想要的局面？"而我只是希望摩艾能成长为秋好理想中的样子，所以那时心中并没有任何不满或失衡。

随着摩艾的活动规模越来越大，秋好每天只得将大量的时间精力投入其中。尽管有很多人帮助她开展活动，但她毕竟只是名大一的学生。那段时间，她一定承受着非同一般的压力，被重任压得喘不过气。我曾目睹过秋好因力不能及而失败，或者活动本身失去了原本的意义后她空虚苦闷的表情。

但在我要离开她的时候，我已经不确定她是否还像以前一样坚持着自己的理想。至少我希望，她心中还能残留着一些理想的火光。

就在摩艾迅速变化的时期，秋好身边有了能从内心支撑她的恋人。或许，我那天应该表现得再高兴一些。但现在才开始后悔，已经来不及了。

揭露阿天绯闻的行动以失败告终后,我们的计划很快就走进了死胡同。我和董介只是普通的大学生,没有其他有力后援的帮助,我们能做的事真的非常有限。

因为距离下一次交流会还有很长的一段时间,而且计划实施的期限只到毕业为止,所以我们决定先把能做的事情都尝试一遍,不论是多么不起眼的小事。

首先,我在社交媒体上创建了几个虚拟账号,注册身份伪装成大学生或者社会人员,利用这些账号发布一些虚假的生活分享内容的同时,再时不时地加入对摩艾的诽谤。这种行为既隐蔽又阴险,换作平时的我肯定做不出来。当然,这种事在刚开始时效果也很有限,不可能一下子将摩艾置于死地,但聊胜于无吧。为此,我和董介一有时间就盯着手机。

与此同时,我们开始在社交媒体上寻找反感摩艾的人。就算在摩艾中,可能也会有人并不认同这个团体的做法,或许我们可以得到他们的帮助。不看不知道，在社交媒体上居然有这么多人在说摩艾的坏话，但和我们不同的是，他们只是在漫无目的地谩骂。我们通过观察这些人的账号，来判断他们是否是摩艾的成员。当然，即便有摩艾成员，他们大部分也和橙子一样仅仅是摩艾最边缘的分子，不具备给摩艾造成巨大打击的能力。要说有谁能给摩艾重重一击，那肯定是像阿天这样的人物。他虽然平时也用社交软件，但肯定不会发布对摩艾不利的消息。

此外，我们靠着几乎已经绞尽的脑汁和手机上的社交软件，还找到了另一个办法。每当有人在社交媒体上发布摩艾的恶行时，我们便将这些消息复制后再散播出去，或者索性直接转发给摩艾成员的账号。时常给阿宏和阿天的账号发消息也是必不可少的。消息的内容有很多，比如某人因为参加交流会被"误导"而入错行；或是装作自己的女朋友被在交流会上认识的社会人士抢走了的可怜男生，等等。当然，这其中只有一部分是事实，另一部分则是我们编造的谣言。也许是受到了我们的启发，有一些原本就对摩艾心存不满的人也加入到了我们的行列。

阿宏和阿天基本上一直保持着沉默，但有些摩艾成员则会猛烈反击。因为我们的账号本就是架空的，所以这种反击对于我们而言只能说是不痛不痒。

但有一次，川原却突然跟我聊起这个话题，这让我出了一身冷汗。

"这些藏在安全的地方只会嘲笑他人的家伙,简直就是垃圾。"

我开始担心莫非是川原看穿了我们的计划,但转念一想这当然不可能,她最多是随口说说。自从上次烧烤会结束之后,川原和我之间的对话就变得越来越频繁。大概是因为她开始把我当成熟人了吧。

既然川原跟我提起了这件事,就证明我们的活动至少在摩艾内部引起了一些骚动。为了再添一把火,我和董介还打算一起做些传单四处分发。

董介经常参加学生活动,所以做传单的经验非常丰富。他可以熟练地用办公软件把大小各异的文字贴到传单上,结果传单看起来简直就像电影中的杀人事件预告信一般。

传单的样品确实太吓人了,所以董介做好之后赶紧把它们都拿到了我家。

"这可比我说的那种传单要过分多了,你是太闲了吗?"

"啊,这不都是你说要做的吗?!"

上次的烧烤会作战结束后,董介仍然和阿天保持着朋友的关系。

"前一段时间我又跟他出去吃饭了,他真是个好人,这是让我最生气的。"

我早就和阿天断了联系,但董介还继续和他保持着朋友关系。再加上董介还在一直大力帮助我,这让我不禁感慨他真是太够朋友了。

我们本打算把传单发到学生宿舍里,但那儿的熟人太多,所以不得不暂时放弃了。但只要有这些宣传品在,就肯定有机会。

"橙子跟我说,想要见见你呢。"

我正在把网盘上保存的传单文件下载下来,然后再传输到打印机上。特意为此买来的打印机虽然只有最基础的功能,但还是辛勤地吐着一张张传单。董介对着正注视着打印机运作的我喝了一口饮料,然后突然说出了上面这句话。

"是啊,最近的确在学校里没怎么见到她。"

董介嘴里的橙子想要见我多半是夸张,所以我也没有理会。

"那我们下次再一起三个人去喝酒吧。"

"好啊,只要是我不用打工的日子,随时都有时间。你看看橙子什么时候方便吧。"

我随口答应了董介,没想到他很快就定好了日期。对此,我倒是也没有什么不情愿。

三天后,我、董介和橙子就再次聚到了一起。

这次的聚会地点是在董介家里,这一方面是为了尽可能省钱,另一方面是董介正好买了做章鱼烧的料理锅。实在搞不懂董介为什么要买这种东西。看来找到工作后的他实在闲得无聊,于是把时间都倾注在了粉碎摩艾的计划和自学做饭上了。

为了不错过晚上的末班车,我们将聚会定在下午六点开始。早在白天,我和董介就出门买好了需要的食材。六点钟,门铃响了起来,这时董介还在厨房做准备,而我则在客厅的茶几上切菜。

董介赶紧跑去开门,我马上听到了两个人在门口如吵架一般热闹的打招呼声。稍后不久,橙子就走了进来。

"枫学长,好久不见了。你最近忙不忙呀?"

"不忙,最近过得都挺舒服的。"

"那就比什么都好!"

身着夏装的橙子依旧活力四射,而她露在衣袖外的手臂上正挎着一个纸袋。

"学长,我买了蛋糕哦。你就感恩地收下吧。"

"谢谢!能帮我先放到冰箱里吗?"

把橙子迎进屋,董介又回到了厨房开始处理章鱼。橙子听了我的话,轻车熟路地找到冰箱打开门,把蛋糕连着盒子一起塞了进去。从我这里看去,她的背影可谓端庄娇媚了。

"橙子,你以前来过董介家吗?"

我有节奏地剁着葱,看到橙子正细心地叠着刚才用来装蛋糕的纸袋,就问了她一句。

"我们班偶尔会在这儿聚会,你看,董介学长家还蛮大的。"

的确,董介的住处仅客厅就有 16 平方米,再加上整理得很干净，让一个大学生独居真是相当宽敞了。

"我能帮点什么忙呀？"

从卫生间洗了手回来的橙子向我问道。我看向厨房，董介正一边哼着歌一边搅拌着章鱼烧的浆料。他抬起头对橙子说道："冰箱里有两个塑料盒，你把它们拿出来放桌子上。"橙子照办后，坐到了手中正切着红姜的我跟前。她打开塑料盒盖，发现一盒装着腌黄瓜，一盒装着西红柿沙拉。

"哦——！"

橙子开心地喊出了声，立刻用筷子夹了一整块腌黄瓜塞到嘴里。

"真好吃！枫学长，你要吗？"

"嗯，我也挺想吃的，但还是待会儿吧。"

我向她展示了一下被红姜染红的双手。但橙子立刻从地板上的塑料袋里抽出了一次性筷子，掰开后夹起黄瓜，送到了我的眼前。

"请用。"

我很清楚此时不能躲开，而且如果我表现出不好意思吃下去，只会让场面更加尴尬。所以我就装出一脸傻相，一口吃下了学妹递到眼前的黄瓜。

我推测腌黄瓜的调汁里面放了酱油、辣椒和调味粉，但黄瓜还保持着清脆的嚼劲，非常好吃。不一会儿，董介把烤章鱼烧的锅设置好，又把材料都放在了地板上的铁盆里，这样我们终于做好了聚会的准备。

在开始烤章鱼烧之前，大家碰了杯。正当我们一小口又一小口地品着酒，等待料理锅上的铁板变热时，不知是谁的手机响了起来。我们三个人几乎同时掏出了自己的手机，这真是现代社会造就的恶习啊。

"是我的手机，"董介说道，"不好意思，先出去接个电话。等铁板变热了，你们就把浆汁倒上去，然后随便加自己喜欢吃的东西就好了。"

"好的——！"

比起正在思考是谁打来电话的我，橙子则大声地回应了董介，然后很自然地点了几下手机屏幕。而董介则在我发问之前就跑了出去。

应该是录用董介的公司打来的吧，我都奇怪自己居然在这时会冒出这么一本正经的想法。

在董介的提示下，我和橙子尝试做起了章鱼烧。不一会儿，玄关处传来了开门的声音，董介说了句"我回来了"，然后却不知是谁又说了一句"打扰了"。

房门被推开，我抬起头看到董介走了进来，但后面跟着他一起进来的竟是身穿黑色便服的川原。我吓了一跳，差点把刚咽到一半的啤酒全喷出来。

"哎？！又……怎么会是川原同学？"

我回忆起烧烤会时的情景，差点喊出一声"又是你"。还好这句十分失态的话和要喷出来的啤酒一起被忍了下来。

"你们好。"

川原像往常一样,稍稍低下头打了个招呼。

"哇——!川原同学,你好,你好!我是比他们俩小一届的,请叫我橙子吧!"

"你好,我叫川原。"

两位女生好像是初次见面,相互打起了招呼。在董介的催促下,川原走进了卫生间洗手准备用餐。

我用充满不解的眼神,盯着站在面前的董介。

"哎,这是怎么回事?"

"嗯?"

从董介那一脸坏笑的表情上,我大致能推测出他的企图。但我却想不出他是如何做到的。董介从哪里得到了川原的联系方式呢?我记得烧烤会的时候,他们并没有交换过联系方式。

川原洗完手,董介立刻招呼她坐下。因为只有我的旁边是空的,她就自然地坐到了我身边。看来,董介这家伙早就安排好了座位,橙子貌似事先也知道川原今天要来。

董介向川原递过了酒,川原很自然地喝了起来,脸上还是一如既往的平静,其间还做起了自我介绍。她是关西人,这我还是头一次知道。

据川原自己所讲,她之所以大老远跑到这边上学,完全是由于专业和入学考试科目的原因。说实话我并不在乎这些。我更在意的是她为什么会出现在这里。又一次碰杯之后，董介开始给我做起了解释。

"前阵子，我本来打算去给你捣捣乱的，就是夜里跑到你打工的那家药店去。为了给你一个惊喜，就没提前通知你。可是到那里一看，你根本就不在。但是川原同学正好在那儿，所以我就问她下次要不要来参加咱们的聚会，人家就答应了。所以我今天当然要叫她过来。"

"所以我今天就来了。"

"你能和这么平易近人的学妹一起打工，我作为同窗感到非常开心。"

董介看样子很得意自己说的话，一连点了好几下头，之后便又喝起了啤酒。橙子趁机开起了玩笑说："见到可爱的姑娘就搭话，这是董介学长的老毛病了。"虽然已经是第二次出现这种情况，但我真没想到川原居然会如此好接触。也许，川原本来就是这样的人。我对她的看法开始改变。

面对眼前突发的意外，我还在犹豫是否要自然地接受这个事实。但不管我接受与否，她来都来了，又不可能请她回去，所以只能圆滑一些地应对她。这样做，才是我最基本的处世之道。

正当川原好似一脸无趣地听着我们向她介绍大家之间的关系时，章鱼烧的浆汁冒出了气泡并开始慢慢成形。我们四个拿起竹签开始为每个章鱼烧翻个儿。

川原和董介翻得很漂亮，可我和橙子却弄得不怎么样，但还好也没差劲到把大家逗笑的程度。不过这样就少了很多娱乐气氛。

我们轮流拿起酱汁和配料浇到丸子上。虽说我们的章鱼烧是比着专营店照猫画虎做出来的，但我尝了一口后发现味道还算不错。

第一拨章鱼烧很快就吃完了。在下一拨烤好之前，我们用筷子吃着董介做的小菜，还有川原带来的零食。

大家先是聊了些毫无意义的话题，之后橙子竟然对川原的大学生活产生了兴趣。

"你是只在药店打工吗？"

"是的，现在是。"

聊到这里，话题自然会转到社团活动上。

"参加了什么社团吗？"

面对橙子的提问，川原坦白而平淡地回答道：

"我现在加入了一个叫摩艾的社团。"

"真的吗？！我也是！"

川原睁大了她那双狭长的眼睛，发出了"哦哦"的惊叹声。

"不过我很少去参加活动，所以才没见过你呀。"

"啊，原来是这样。"

川原平静地接受了刚刚知道的事实，却没有表现出要顺着这个话题继续聊下去的意思。橙子可能看穿了这一点，于是补问了一句："你经常去吗？"我想起之前，自己就曾暗自对比过她们两个人。橙子是很懂事的女生，而川原在与人交往方面则肯定没有橙子那么懂事。正因如此，她们两个在聊起摩艾时才不会剑拔弩张。因为懂事的橙子在主动参加活动的川原面前，是绝对不会说摩艾的坏话的。

"我倒常去，包括规模不大的活动。我喜欢听大家讲故事。"

"是吗，他们都会讲些什么啊？"

橙子想要多聊聊摩艾的事情，这让我在心里很是感谢她。

川原仰起脑袋，想了想说："嗯……最近讲的都是战争经济的话题。之前还有建筑行业的学长来过，他给我们讲了些救灾和建筑的事。"

"你听得开心吗？"

"还挺开心的，尤其是大家都认真听的时候。"

川原是个认真的人，而橙子很显然不是。我的脑海中突然浮现出一个很单纯的疑问。

"在小规模的活动上，也会有不认真听的人？"

"虽说小，但差不多也有十个人。有些人来参加的目的就是活动结束后一起去吃饭。我倒也不觉得他们有什么不对。"

看来，川原她比我想象得要更懂得融通。既然如此，她在打工的时候，怎么不能更圆滑地应对有意见的客人呢！

当然，我可不敢把心里想到的这些说出来。

川原本人的解释也许能解答我的疑问。

"但偶尔，我看到有人来参加活动纯粹是为了物色合适的女孩子。这种人，我是真的想杀了他们。"

"哦？你打算怎么下手？"

"参加活动时，大家身上能带的东西也只有签字笔之类的。我就想这样拿笔冲着他们的眼睛扎下去。"

说着，川原拿起串章鱼烧的竹签，就在我们眼前狠狠地比画了一下。原来如此，对于她认定的敌人，这个女孩子是不会有一丝手软的。不过，能想到如此极端的行事，以及如此不考虑后果的暴力方法，真不愧是不良女大学生。

"但在那种活动上，男生女生不是非常容易擦出火花吗？只要两个人的想法差不多，即便没有一见钟情，但两个人独处的时间肯定不少吧。"

"就是啊。"

听到这儿川原的脸上露出了复杂的表情，她好像非常不情愿接受这样的观点，但也不能完全否认这样的事实。

"那川原同学在活动中，目前还没碰到过这样的人吧？"

不知为何，橙子的话锋开始向着川原步步紧逼。

"是啊，开会的时候，我肯定会把自己的想法全都表达出来。"

"不是这个意思，我问的是有没有和男生发生过这样的互动？"

川原边摇头边轻轻地笑了笑，答道："没有，没有。"

"这么说，你现在有喜欢的人？"

"不，那倒也没有。"

就在一瞬间，只是那么一瞬间，我明白了橙子问这个问题的意图。就在刚刚，橙子偷瞄了我一眼。一定就是这么回事，我现在明白她和董介要干什么了。他们两个是联起手来非要帮我做点什么。

我当然不会把心里想的写在脸上。一方面，我有些无语，想要笑着对他们说声抱歉。但另一方面，在内心深处，我对他们的行为产生了不悦。

我很确信这纯粹是在给川原找麻烦。

所以我略带恶意地把球又踢给了橙子。

"橙子，你现在的男朋友，是从高中开始就认识的吧？"

"啊，不是的！董介学长，你都跟人家瞎说什么了！"

橙子拿起插在快要烤好的章鱼烧上的竹签指向董介，后者则露出得意的表情。"快放下签子，多危险啊！"然后又补充道，"这本来就是事实嘛。"

"从高中交往到现在？那个，橙子学姐，你真专一啊。"

"橙子学姐？这称呼也太可爱了。"

橙子一脸开心的样子，川原也笑着回应："这称呼挺适合你的。"看来川原并不是认生，只是比一般人的情感温度要更低一些。

"唉，其实我现在都搞不清楚了。我们是异地恋，已经一个月左右没见了。"

橙子的笑容里掺杂了些许失落。想必所处的环境变化后，两个人之间肯定会发生很多不开心的事。我很快就开始后悔自己真是哪壶不开提哪壶。

"啊，差不多该翻个儿了。"

川原可能是想挽救一下因为我的失言而被弄糟的气氛，又或者只是单纯地看到章鱼烧烤好了。我们就像是忘了刚才的话题一样，开始迅速地为章鱼烧翻起个儿来。这一次比开始时做的那批好多了，可能是因为这次川原对火候掌握得很好吧。虽然有些遗憾不能把摩艾的话题继续下去，可再深究反而会让川原起疑。

诚然我和董介的头脑中都清楚自己的使命，但我们也只是普通的大学生而已。所以那之后，我们就像普通的大学生那样喝起了啤酒。对此肯定不会有人指责什么。我们边吃着章鱼烧，边聊起了无足轻重的话题，期间再也没提到过任何有关摩艾的事，所以即便酩酊大醉也无妨了。

就这样，一个小时过去了。两个小时过去了。

我心想，也许这场快乐的聚会会这样一直持续到结束，在没有任何其他收获的同时，也不会发生任何意外。我沉醉在眼下这份愉悦与融洽，以及些许兴奋的状态里。可能在场的每个人都是如此，大家都放松了神经。

待我们吃完了橙子带来的蛋糕，每个人都已喝了不少啤酒，聚会也接近了尾声。我已经晕晕乎乎的，橙子满脸通红，董介则在哈哈大笑，川原更是不停地晃着脑袋。

让这样的川原自己回家，真的没问题吗？"川原小姐，你还好吗？"我问她。"好，我很好。"看到川原连答了两声，我就知道她完全不是没有问题。

就在聚会差不多快结束的时候，橙子突然把身体探到我这边。

"枫学长，你为什么叫川原的时候要加尊称啊？她是你学妹哦。"

光听橙子的语气，就知道她喝醉了。我心想，在这个时候提这事儿干吗？但我当然不会把心里的不满表现出来。

橙子就那么一直歪着头看着我。我现在的心情，就像小时候第一次听说大家开始管自己的母亲叫"妈"，而不再叫"妈妈"时的心情一样。

"这是因为，我们在打工的地方，辈分关系有些复杂。"

我简要地给橙子解释着。

我趁机偷看了川原一眼，她不知为何也一直盯着我。

"咦？但是在大学里她完全就是你的学妹啊。现在又没在打工，就不用那么客气了吧。"

橙子这句预料之外的追问，让我差点扭过头看向川原，但还好忍住了。如果我现在看向川原，恐怕就更会让橙子误会我和她之间有什么特别的关系了。

但是对于现在的橙子,我的任何考虑好像都是多余的。她喝了那么多酒,脑袋里和嘴上早都没有了刹车。

"学长用敬语称呼学妹,没必要拉开这么远的距离吧。"

"距离……"

这个从我口中下意识蹦出来的词语,不知道橙子是如何理解的。

我一直认为,人和人之间总会有距离,这是必然的。我和川原、橙子、董介之间当然也都有一定的距离。

既然如此,也就没有必要强调这件事,还非要把它看作坏事。

"那个,川原小姐。"

我叫了川原的名字,这下总算有了看向她的理由。但我看到的却是她紧皱的眉头。

那一脸不太愉快的表情,让我突然感到后背发凉。

"……我。"

我不由得提高了警惕。很明显,川原不会顺着橙子去说些客套话。她肯定会把写在脸上的想法一股脑儿地说出来。这样讲不是在讽刺她,而是因为我知道她就是这样的人。

"我……"

然而,即便我提高了警惕,也没有起到任何作用。

"……我要回去了,不好意思。"

川原突然这样说道,与此同时站了起来,却又差点倒下去。好不容易站稳之后,她对我们三个人点头示意,在我们做出回应之前,就朝向门口踉跄着快步走去。我们只能茫然地看着她。她突然停了下来,扭过头问董介:"不好意思,我怎么把今天的钱给你……?"

"下次再给我就行了,你一个人真没问题吗?要不再待一会儿,等酒醒了再走吧。"

"没关系的。那我下次把钱交给田端前辈吧。先走一步了。"

川原摇摇晃晃地用胳膊抵着墙,继续朝门口走去。董介和橙子的表情依旧带着不解,而橙子要比我们显得更茫然。董介朝我伸出手指比画着,暗示我去追上川原。我也觉得此时应该这么做,于是站起身朝川原追去。我赶到门口,看到她正在穿鞋,就对她说:"川原同学,你一个人回得去吗?"

"没事的,我可以走着回去。"

"不,你现在醉成这样,可能不太安全,不如再等等吧?"

川原扭过头与我四目相对。

看到她的眼神时,如果能将我感受到的东西称为共鸣或共情的话,那只能说明我们都醉了。还好我醉得并不厉害,考虑了一下后,我才张开嘴说:"那我送你一程吧,送你到安全的地方。你看这样行吗?"

"……不好意思。"

"要是你出了什么事，我也放不下心啊。"

川原放弃了坚持，点了点头。她朝我背后的方向说道："今天打扰了，我先走了。"然后将手放到了门把手上。她可能是使不出力气，光是打开房门这一个动作就用了不少工夫。我趁这个时间又回到屋里，跟董介和橙子说了一声。他们两个人也都赞同我护送川原。橙子担心地问道："会不会是我让她生气了……"我告诉她，肯定不是她的原因。

跟在川原的身后，我穿上了鞋走到屋外，一阵暖风拂过周身。我注意着脚下的楼梯，生怕踩空，就这样终于下到一楼，穿过自动门来到了外面。

"我先去取一下自行车，你能等我一会儿吗？"

"行。"

我想着护送完川原后，再骑自行车回来。于是走到停车场，把我从大一开始就一直钟爱的自行车推了过来。我也考虑过让川原坐到后座上，但因为我也喝了不少，要是载着她摔了车，那可不是闹着玩的。

川原的家离这里要步行二十分钟左右。今天她好像就是走过来的。我推着自行车，走在川原身旁。

"真不好意思……"

我们沿着马路走了没几分钟，原本一言不发的川原突然说道。

"没事，我大一的时候也没少喝醉过。"

"不光是这个。"

她好像很难为情，支支吾吾的。

"不光是这一点，还有就是，我还是逃了出来。"

逃了出来吗？我当然明白川原说的意思，但还是装了傻。

"我不觉得你这算是逃跑。"

"不，那个，我是怕他们觉得我很怪。"

川原说话时并没有看着我。

"虽然不喜欢橙子学姐说的话，但是也没严重到要否定她，我也知道她没说错什么。但是我的脑袋也没清醒到能把事情说清楚。总之，就只能这样逃了出来。"

川原遗憾地低下了头，脸上写着懊悔。

"他们不会那样想的，而且我觉得你没必要这么在意。"

我就知道她心里想的一定是这些，所以才跟了出来。

我并不是觉得川原太傻，只是，刚刚在门口时我就是这样推测的。

那时我从她的眼睛里感受到了她心中沉重的负罪感，还有就是想要逃避的欲望。那是不擅长处理人际关系的人在突然想要逃避时才会有的眼神。那一刻，在某种意义上我感受到了川原与我才是同类。

"下次我一定要好好地跟他们两个道歉。"

"嗯，需要的话我随时都能让董介和你见面。"

"谢谢你。"

即便脚步飘忽，川原仍紧盯着前方。看来她的确问题不大，这多少让我感到了一丝安心。

我们慢慢地朝川原住的方向走着，途中路过一家便利店，店的招牌上闪烁着耀眼的霓虹，就好像是角色扮演游戏的存档点。我走进店里给川原买了瓶水。她咕嘟咕嘟地喝了起来，然后朝着地面喃喃道："真是喝多了……"仿佛是在提醒自己下次一定要注意。

只不过是喝了瓶一百日元的矿泉水，川原却反复向我道谢。我们再次回到路上，川原的步伐还是多少有些让人放心不下，这反倒更让我觉得护送她回家是个正确的决定。虽然这会让某些人对我和她的关系产生莫名的误会。

我开始默默地在脑袋里组织语言，心想回去后必须得跟那两个人好好地解释清楚。这时，身旁的川原突然开口了。

"那个……"

"怎么了？"

我不知为何提高了语调。

"对不起，我刚才说不喜欢橙子学姐说的话。"

"啊，别在意，没事的。"

"但我是真的这样想的，能让我解释一下吗？"

"好，你说吧。"

如果川原不喜欢橙子所说的话是因为被安排到了某种莫名其妙的关系之中，那我绝对支持她。不过看到川原如此在意地反复强调，我也开始有些在意她究竟是怎么想的。

"那个,其实就是,我觉得人与人之间的关系应该是一对一的。"

"……是说,不该因为身处某个团体,就掩盖自己的个性?"

"也有这个意思,还有就是,不应该把每个人都标签化。"

川原把手放在额头上,好像在努力寻找最贴切的表述方式。接着,她又慢慢地说道:

"讲这种话挺不好意思的。但我现在喝醉了,就让我说了吧。那个,正如橙子学姐所说的,田端前辈完全就是我的学长,所以跟我说话不用那么客气,但客气一些也不是不好。"

川原吸了一口气,仍然没有看我,继续说道:

"因为,我觉得田端前辈在与我相处时一直注意掌握着距离感或者什么的。那么,这种做法就应该得到更多的尊重。"

这就是距离感和它的重要性吗?

"掌握与他人的距离感和关系好不好不一样,这是人们的一种价值观,或者说信条,我就是这么想的。抱歉,脑袋里词汇太少,可能说不太清楚。"

"没事,我差不多明白你的意思了。"

迄今为止,我时常都在注意着与他人之间的距离,同时也把这当作自己的人生信条。

因此，对于川原的话，我非常能够理解。

"我觉得，田端前辈总是能自己决定与他人之间的距离，这一点真的特别好。"

"……哎？"

我在脑海里用力地反复咀嚼着她的话，所以连发出疑问都慢了几拍。

"啊，虽然现在喝醉了，但是我真不是那种会说客套话的人。我之前说过，喜欢沉醉于自己的人。其实我也同样喜欢能自己决定自己的价值观的人，这也包括能够自己来决定和他人的距离的人。"

川原肯定不经常夸奖别人，我心想。她说完喝了一口水，依然直视前方，好像很害羞的样子，但还是痴痴地笑了起来。

川原的话让我又一次感到了吃惊。

"尽量避免过度走近他人"，这个我独有的信条再一次受到了肯定。距离上一次被肯定，不知已经过了多久。

这种面对面地得到他人的肯定。不！正确地讲，我从未真正地面对过川原。此时的我，就好像还完全不能习惯有人会肯定我的价值观一样。

"被这么夸奖，真的是谢谢你了。"

除此之外，我不知道还应该说些什么。川原好像也不知道该如何把对话继续下去，只答了一声"嗯"。

我从没想过自己的人生信条会得到她这样的肯定。我过去一直只是单纯地把川原当作不良女大学生。之所以说"过去",是因为在最近几次私下碰面中,我对她又有了些新的认识。

虽然川原的性格不是很热情,但也拥有关西人擅长顺应气氛的特点。

某种意义上,她的性格与我有些相似,甚至连不会八面玲珑地与人打交道这点也是如此。

也许和我一样的还有,她也不是个会圆滑处世的人。

那之后,我和川原没有再特别聊些什么,两个人只是安静地走在夏夜的街道上。路上我们遇到一只猫,川原马上叫道:"啊,有猫。"这是那段对话后她说的最有意义的一句话了。这也让我明白了,原来川原很喜欢猫。

最终,我们来到了一处看似学生公寓的建筑的大门前,川原对我道了谢,我也回了礼,然后又互道了晚安。就在我向她轻轻地鞠了个躬并准备离开的时候,川原又开口了。

"对了,我刚刚的意思,可不是想让田端前辈说话更客气一些,跟我再随意一些都是没关系的。"

"我明白了。"

说完,我又立刻补上了一句"今天辛苦了,下次见"。如果我的性格能够做到再随意一些的话,那么肯定会有更多的朋友,大学生活肯定也会变得更充实吧。

"那下次有机会,我就不再客气啦。"

我尽最大的努力开了个玩笑。川原听了,难得地笑了出来。

"好,那我就等着了。"

川原一边点头再一次与我道别,一边走进了公寓里。不知为何,我却停留在了原地,直到听到了楼上传来房门关上的声音,才骑上自行车开始往回走。

那天晚上，等我回到董介家跟他汇报时，他竟然下流地对我说，那种时候难道不该好好把握时机，和女孩子发生些什么吗！我听后心中大怒，本想着给他点颜色看看，但又念他利用社会关系给我介绍了一份来钱快的兼职，所以还是饶了他。

董介在找到工作前，曾经在某个有名的补习机构当过老师，这份兼职毫无保留地发挥了他的人际沟通优势。我没怎么去过补习班，所以也不清楚补习班的老师具体都要做些什么，但听说除了教学，他们还要帮忙解决高中生的心理问题。我肯定无法胜任这样的工作。

董介利用补习班的人脉，成功拿到了几个考试监考的名额，于是邀上了我一起去。获得这样一份报酬不错的差事，我也就不好继续计较他前几天的下流玩笑了。

自从找到了工作，我便再也没有穿过正装。监考当天，我换上了久违的正装，一早就赶到补习班与董介汇合。碰面之后，我们根据现场负责人的指示先到考场旁边的一个教室里等待。教室里摆着几张长桌，已经有几个跟我们一样西服笔挺的监考官坐在那里了。我们索性坐到了教室后方。静候了一会儿后，一位男士走上前方的讲台，开始给我们说明监考工作的内容。简要来说，工作的内容非常容易，就是把试卷分发到考生手里，在考试过程中监督考生不要作弊，考试结束后再把试卷收上来。

检查手中的资料时，我们两个发现每个人负责的考场都不同。我负责的考场是一个狭长的教室，能容纳一百人左右。考场里使用的不是长桌，而是一个个独立的单人桌。在考生到达考场前，我为了消磨时间，把桌子都整整齐齐地摆了一遍。

终于，随着考试时间的临近，考生们依次走进了考场。人都到齐后，我面向所有考生讲了一遍黑板上已经用很大的字写明的注意事项，内容其实就是让他们好好检查考号等。基本上每位考生都会去阅读黑板上的注意事项，所以能够仔细听我重复一遍的考生大概一个都没有，这反倒让我感到很轻松。

到了规定的时间，我把试卷发了下去，然后宣布考试开始。接下来要做的只剩下监考了。我时而坐在教室前门的折叠椅上，时而为了消除困意在考场内徐徐地走一走，再装出盯着他们的样子，直到考试结束。工作非常简单，我完全做得来。

我在教室里转了几圈后，坐回到椅子上喘了口气，同时观察起眼前的考生们。我看到一排排微低的头整齐地排列在我的眼前。每个人的发色和头发的长度都有区别，每个人的体形和服装也都不尽相同，但几乎每个人都做着相同的动作，这让我感觉眼前的景象就像身处某种生物的巢穴里。

如果在我们找工作的时候，企业一方的人眼中的我们也是如我眼前一般的模样，那么人事这类工作想必会非常辛苦吧。他们面前的每个应聘者在外表和基础上都相差无几，要在这么多人中挑选出出类拔萃的人才，这种时候就体现出学历的重要性了。先看简历，通过简历判断性格，之后面试，最后还有综合各方意见的小组讨论。这些招聘人员尽了如此大的努力来挑选优秀的人才，但最终还是被我这样的人欺骗了。这么想一想，我甚至开始同情起他们了。

在摩艾主页最显眼的地方，罗列着成员们耀眼的就职信息，好像生怕别人看不到一样。但这绝不代表他们的成功就缘于摩艾。这是因为我觉得摩艾既没有培养过优秀的人才，成员里也没有多少天赋秉异的人。我最近在社交媒体上攻击摩艾的同时，还顺便留意了一些摩艾成员的账号。我发现，他们从会长到最普通的成员，要么和量产出来的最普通的大学生一样，要么就是在拼命地掩盖自己的平凡，可以说是一个让人觉得索然无味的群体。

现今的摩艾只是聚集了一群平庸的大学生，并且为了让这群人在残酷的求职竞争中存活下来，就教给他们如何贯彻虚伪的自我，如何谄媚社会人士，如何粉饰自己的无能。这一切与追求理想中的自我完全就是两个极端。

我并非完全否定摩艾的做法。我也跟他们一样，为了在社会上生存下去而认可这种装腔作势的必要性。但这不应该是摩艾的样子。

在上百人的教室里毫无惧色地直抒胸臆的那个家伙，不正是为了追逐理想才建立了这个组织吗？

始终坚信自己的信仰和理想的同时，还要具备在这个社会上活下去的能力，我们就是为了成为这样的自己才成立了摩艾。我始终希望，希望那个摩艾永远不会改变。

身为创始人却又抛弃了它的我，现在已经清楚自己应该担起的责任。

所以，我要将摩艾变回最初的样子，即使为此要一度粉碎摩艾也在所不惜。

豪言壮语很简单，但我又该如何粉碎如今的摩艾呢？必须要尽快找到有效的方法。仅仅在网上做些小动作，也许永远不会有大的效果。到毕业为止，我的时间真的不多了。虽然只身脱离摩艾的日子并不算短，但要破坏它、粉碎它也许就在一瞬之间。

或许应该把视野放得更宽广一些。至今我都在希望让摩艾停止一切活动，但也可能没有必要做得如此绝对。比方说，可以只是让摩艾在校园内失去信誉，从而弱化它的力量。又或者，让支撑摩艾的骨干们完全丧失信誉，这个结果也可以接受。总之，只要让如今的摩艾瘫痪，然后再聚集起一群真正与当初的摩艾有着相同价值观的人，重建一个新组织，就大功告成了。真正的摩艾既不需要斐然的成绩，也不需要声名在外，它需要的只是纯粹的理想。

决定把斗争的难度降低一级的我再一次让自己陷入了沉思。不一会儿，第一场考试结束的铃声响了起来。我收起考生们的考卷，宣布了下一场考试的时间。考场里的空气瞬间流动了起来，有几个考生马上就跑到了教室外面开心地聊起天。我不情愿地想起自己也曾参加过这样的考试。那时的我还相信只要拿到一纸录取通知书，就可以让人生出现翻天覆地的变化。但到头来，这种事根本就是不存在的。我和这些考生唯一的不同就是——我已经明白了这个道理。短短几年，人可能发生多大的变化呢？我真佩服那些自以为是的社会人士，就因为有了那么一丁点儿可怜的社会经验，就把它们当作宝贝一样在学弟学妹面前一次又一次地重复炫耀。甚至还会为了这个目的，特地举办什么所谓的交流会。他们真的以为自己的存在很重要吗？

十五分钟转瞬即逝，第二场考试按部就班地开始了。作为监考我的任务依旧没变，为了让考生们集中注意力考试，我尽可能不打扰他们，这也正是我所擅长的。因为自从升入了大学，我每天都是这样悄无声息地生活着。

考场再次恢复了平静，我的思绪又回到了刚才的思考中。过于自信的社会人士们费尽心力把自己的经验分享给学弟学妹，而这些经验还真的起到了作用。那么在某种程度上，我会佩服他们的这种行为也就不奇怪了。因为这些人愿意把自己或许好不容易才积累下来的精神财富分享给素不相识的后来者。

在一些大学课程的分组讨论中，我所在的讨论组里也有几位同专业的学弟学妹。但我始终与他们保持着一定的距离，更不会特意去帮助他们。低年级的学生中，与我亲近一点、平时能说上几句话的也就只有川原了，但我也不会主动去管她的闲事。

若是换作董介，就很有可能会管这样的事。尤其是橙子遇到麻烦的话，他肯定会主动帮助她。这倒不是因为董介恋慕着橙子，所以我才特意拿他举例。董介本就是个讲情义的人。他会帮助我，也就一定同样会帮助橙子和其他学弟学妹。

在我看来，董介和橙子的关系确实很微妙。而与董介相反，我从来就不大擅长与低年级的同学培养感情。和川原的那一次也只不过是把她送回了家，怎么可能就和她发生那种关系呢？即便真换成是董介，肯定也做不出那种下流事。

当我正在回想董介迄今为止的罗曼史时，第二场考试也结束了。

十五分钟的休息之后,第三场考试也在无聊的胡思乱想中很快结束了。监考官和考生都迎来了一段较长的午休时间。

考生们到学校餐厅或附近的便利店里解决午饭,而我们则有校方发的便当和茶水。回到早上开会的教室,桌子上已经摆好了便当,我坐下后就立刻吃了起来。如果这场考试是一次驾车的长途跋涉,那这里就是加油站了。

董介过了一会儿才到。他坐到我旁边,我们两个人互相道了句"辛苦了"。但其实谁也没感到累。董介咬了一口泡软了的炸鱼饼,说道:

"这考场可真令人怀念啊,我一边监考一边想着自己可决不想再考第二次了。"

董介一边感慨万分地说着,一边把他不爱吃的腌梅干放到了我的便当里,连个招呼都没打。

"那也比找工作轻松啊。"

"那倒也是。"

我想所有找过工作的人肯定都会举双手认同。

我夹起两颗梅干中的一颗,刚塞到嘴里,董介突然"啊"地一声,好像是想起了什么。

"前天,我看见川原和橙子一块儿在食堂吃饭。"

"还有这事?"

我敷衍地回了他一句。我们其实都在庆幸,那天之后,四个人之间都没有产生裂痕。

可能董介也从刚刚的敷衍中明白了我的想法，于是微笑了一下，又喝了口茶，便从口袋里掏出手机看了起来。

但他刚看了一眼就抱怨道："唉，又是垃圾邮件。"然后便把手机放到了桌上。

"最近收到的都是些垃圾信息。"

"是不是你注册了什么变态网站？"

"我一直浏览的可都是既优秀又安全的网站。"

我边想着他说的到底会是什么优秀网站，边掏出手机看了一眼自己的邮箱。一如既往，没有什么特别的消息。再打开社交软件，也是一样。

"看来没人给我这个好学生发骚扰邮件。"

"为了还我清白，给你看我的手机。"

董介把他的手机摆到我眼前，屏幕上显示他确实收到了许多邮件，而且都是从陌生的地址发来的。我点开了邮件。董介虽然称这些是垃圾邮件，但其实都是企业发来的面试邀请或者活动邀请。但不管是哪一种，对我们来说都已经不再重要了。

"你还去这家公司的说明会了？"

"没有，我可没去过。我还好奇他们怎么会知道我的邮箱的。难道说优秀学生的邮箱都会被卖到黑市吗？"

"先不论你优秀不优秀，这种事倒是常有的，他们就看大学的名字来判断。"

我们的确在享受这个学历社会所带来的好处。

"我的邮箱得卖多少钱啊?"

"肯定不是一个一个卖的。估计是直接把学生的资料汇集成册,然后……一本本地卖……"

话音未落,我突然注意到自己刚刚说出口的话不知哪里让人有些介怀。

究竟是什么呢?

将学生们的资料,汇集成册……

我感到这句话好像与过去的某件事联系在了一起,我尽力地回忆着,就像是在寻找身上发痒的地方。我为了抓住这感觉甚至忽视了身旁一脸关切的董介。

终于在记忆里,我隐约看到了它。

我立刻伸出手,死死抓住了它。

"董介,你是从什么时候开始收到这种垃圾邮件的?"

"三四周之前吧。"

"能说得再具体点吗?"

董介一脸不解地点了点手机,把屏幕朝向我。

"大概就是从这个时间开始的。"

我记住了那个垃圾邮件开始出现的日期,然后看了看教室前方挂着的日历。

看来我的推测没有错。

"咱们和阿天去吃烤肉的日子是个周末。这个日期就在那个周末的下一周。"

"是……吗?"

"垃圾邮件突然变多，肯定有什么原因。"

"嗯？你的意思是？"

机灵的董介好像也已经明白了我要表达的意思。

如果，我是说如果我的推测是正确的，再假设事实的确如此，那么这就是最致命的真相。

董介好像还要说些什么，但我制止了他，然后打开自己的手机，登录到平时不怎么用的邮箱。

页面刷新了一会儿，便进入了收件箱。看到眼前内容的瞬间，我起了一身鸡皮疙瘩。

"好像让我猜对了。"

我把手机屏幕朝向董介，让他看到那堆积着大量垃圾邮件的界面和他的何其相似，想必内容也是一模一样的。

"也就是说……"

话说到一半，我停下来咽了咽口水。

"阿天擅自把我们学生的资料交给了社会上的企业。"

"……凭这些，就能确定吗？"

"我这个邮箱，平时根本不用的。"

董介皱起了眉头，好像有些不解。我开始对他解释道：

"我有两个邮箱，一个是平时自己在用的，另一个是基本上不用的邮箱。在告诉陌生人时，我都会留下第二个邮箱，以防收到什么奇怪的邮件。你看，咱们找工作的时候，不也都专门申请了工作用的邮箱吗？"

"我没有，一直用的都是同一个邮箱。"

"不是吧？那得收到多少邮件啊！"

"是收到了不少，所以才更不想看见这些垃圾邮件。"

没想到认真的董介竟会如此大意。可能他不怎么在意数字设备方面的事情，但这着实让我感到有些意外。

"尤其是我现在给你看的这个邮箱，是我上次刚注册的。也就是说……"

"就是说？"

"这个邮箱我只告诉过阿天，现在却收到了这么多来自企业的邮件，你不觉得蹊跷吗？"

"确实很蹊跷，他居然把我们的邮箱卖了出去，可我们又不是摩艾成员。"

"难不成，他根本没分类就直接把所有得到的我们学校学生的资料放进一个文件夹里，然后发给需要的企业了？你看，平时一直很认真的你，在管理自己的电子邮箱这件事上却这么大意。就连董介你也会在注意不到的地方露出大的破绽。"

我边说着，边打了个寒战。

我在想……

一直在寻找的东西终于被我发现了。

只要能好好利用这件事情，就可以打出削弱摩艾的重重一击。至少可以把阿天拖下水。运气好的话，那家伙也许还能咬出摩艾的其他高层成员。在这个人人都强调隐私的时代，我们接下来要做的就是利用好人们对这种事情的负面情绪。

但是我还没有能证明我只把这个邮箱给过阿天的有力证据,所以还不能急着出手。但我还能找到些什么呢?

"阿天给企业的资料是关键,要是能拿到那份资料就好了。"

"嗯……但阿天肯定不会给咱们。"

"川原和橙子她们手上肯定也没有。"

"那就只剩下偷偷潜入到他家里去拿这最后一种方法了。"

面对这"最后一种方法",我们只能一笑置之。

结果,我们想了一个中午也没能想出好办法,于是我们决定先回到各自的岗位上,在接下来监考的时候继续想。

我回到监考的教室,没一会儿,表情严肃的考生们就渐渐坐满。提示铃响起,我开始给他们分发试卷。虽然表面看上去我很冷静,但其实我的内心里却异常兴奋,因为我们终于找到了一直渴望的武器。

然而接下来才是重点。我知晓了关键的事实,获得了强力的武器。然后呢?我需要仔细思考如何才能给敌人致命一击。行动一定要迅速,既然对手露出了马脚就必须好好抓住这个机会,让他们像水坝决堤一样崩溃。

我坐在教室前方的椅子上,没过多久便进入了忘我的思考之中。但是人往往越是焦急就越是在同一个地方徘徊,这样反倒得不出有用的结论。就在苦思冥想之中,第四场考试很快也结束了。

下一场就是今天最后的考试了。整个考场里弥漫着疲惫的气息和考生们要挺过最后一场战役的斗志。同样的,我也必须利用这段时间想出好办法来,甚至不惜让自己的大脑超负荷运转。

但就和考试一样,有时无论如何绞尽脑汁都得不到想要的答案。与此同时,心里的喜悦也在妨碍着我思考。终于!摩艾就要回来了。这种喜悦让我难以冷静。

思绪不停地在同一个地方转圈,可当离心力到达极限时,所有思绪瞬间如爆炸一般冲出我的头脑,然后一切又回到了原点。摩艾的成员会不会把那份资料交给我呢?企业那边会不会也拒绝把那份资料交给我呢?这些想法太傻了,我只能否定自己,继续思考。

"每个人都感到幸福,那才是最好的。越单纯的也必定越有力量。"

当我再一次回到原点,正要重新开始思考时,脑袋里却响起了那家伙的声音。尽管已经时隔多年,却异常清晰。摩艾没能使每个人都获得幸福,这就是如今的摩艾已经失掉的声音。

好了,让思考停一停。单纯地把学生们的资料拿到手?我想起上次交流会时,在会场外等待的经历,又想起在那之前,最后一次参加面试时在电梯处看到的一切。

一瞬间,我想到了。

社会人士就真的那么优秀吗？

公司里的新职员与我差不了几岁。眼前正在考试的考生们，也与我差不了几岁。那些刚刚工作没多久的社会人士，肯定不会每个人都那么优秀，而且也未必有多么老到。当然，不可否认他们之中有非常杰出的极少数，但我相信绝大多数应该都和我们一样，是靠着掩饰真实的自己才找到糊口的办法的。

既然如此，这些大多数人中一定会有像意外地给我们提供了关键信息的阿天一样粗心大意的家伙。

现在的我看不起那些社会人士，想必他们也同样看不起我们这些走着他们老路的学生。

我的脑海里渐渐浮现出了一个计策，虽然有点卑鄙，但暂且称它为计策吧。除此之外，我已找不出更好的方法了。如果董介也没有什么好的建议，那么我决定就按这个计策进行。

时间在不知不觉间飞快地流逝着，我甚至感觉第五场考试结束得比前几场都要快。有一些考生明天还要继续参加考试，我对此进行了特别说明后，就把学生们送出了教室。迅速把手头的事情处理完，我和董介又聚到了早上的教室里。在与考场负责人再次确认了明天的安排之后，我们俩终于解放了。

我急忙把董介拉到了附近的咖啡店，然后尽可能坐到了咖啡店的最深处，又点了两杯冰咖啡，就开始了作战会议。

"董介，你想到什么点子了吗？"

董介苦笑道："看看你这干劲。"然后摇了摇头。

"还是挺难的，枫，你有什么想法？"

"嗯，我想到了一个计划。"

正当我要大致说明计划时，服务员却凑了上来，于是我又赶紧闭上了嘴。还好服务员把咖啡摆到桌上后就离开了。我直接端起玻璃杯，连吸管都没用就喝了一大口。

"就是听起来挺傻的。"

"你先说说看吧。"

"我想，不如直接问问那些发邮件的职员。"

我一直很欣赏董介直截了当的性格，当然这次也一样，他直白地把"否定"写在了脸上，然后对我说：

"你说什么？我不懂你的意思。"

"嗯，我这个主意确实很傻，但也是有根据的。"

为了让接下来的话显得更有分量，我特意停顿了一下。

"我想,他们中肯定也会有几个头脑不灵光的。比如说，我先把阿宏和阿天的名字报上去，再附上自己的联络方式并通知他们说，以后由我来负责管理资料。他们中可能就会有人犯傻，把资料交给我。"

"真会有那么傻的人吗？"

"我也说不准，只是……"

我拿出手机，把塞满垃圾邮件的收件箱展示给董介。

"我们有这么多可能性呢。"

每封邮件中,负责发邮件的职员都周到地把公司名、自己的名字以及联系方式写在了邮件的签名档里。

"当然,他们也可能人人优秀,戒备心都很强,以至于没人会上当。"

"这才比较现实。"

我当然心里也这么觉得。

"但我觉得这个方案或许可行。我们多注册几个临时邮箱,你觉得怎么样?我负责写邮件的内容,你就帮我在咖啡厅之类的地方把邮件发出去。"

我期待地看着董介,道出了请求。他虽然一开始避开了我的目光,但最终还是看着我说道:

"……好吧,那就听你指挥。"

获得了好朋友的认可,我的计划终于有了方向,我也可以放下心了。只要知道了要去何方,路就可以慢慢走出来。

"这次又麻烦你,实在不好意思。为了表示谢意,你对橙子的心意,我一定会保密。"

"啊……嗯……那就拜托了。"

董介那时的欲言又止,多少让我有些在意。

先讲结论，这样讲话才最有效率。

确实有那么傻的人。

收到我发出去的邮件的人中，就有这么一个负责人事工作的公司职员，他在第二天就很礼貌地回复了我。这着实让我吃了一惊。

发出去的邮件大致是说，我已经成为了新的资料负责人，想要确认最新的人员情况，所以请对方把手头的资料发过来。

对方在给我的回信中提到，他们现在使用的学生资料是从网上下载的最新版本，还非常体贴地给我附上了链接。收到邮件后，我立刻给董介打了电话。我们决定第二天在董介家里召开作战会议。

"好啊，你明天几点来都行，我上午要倒垃圾，所以一大早就要起来。"

"那我准备好就直接过去了。"

"好——"

那天中午,我和懒洋洋的董介边通着电话,边吃着在便利店买的鲱鱼意面。胸中斗志熊熊燃烧的我还没有打开过收到的链接,这完全是怕留下什么痕迹。

下午,我去药店打工,正好因为排班的原因遇到了川原。她在那次聚会之后好像还在经常参加摩艾的活动。面对跟我话多起来的川原,我特意把微笑挂在脸上,同她打了个招呼。

"遇到什么好事儿了?"

"哎?是啊,我吃巧克力的时候中了'再来一包'。"

"真的吗?好厉害。"

除了和川原之间那些敷衍的对话,半天的打工就这么结束了。川原像往常一样在停车场等着和我告别。那之后,我到便利店买了一份便当就回家了。

在家里,我一边吃着便当,一边打开电脑查看起了新建的几个邮箱。居然又有一个企业的人事工作人员给我发来了邮件,而且态度非常认真。我对着屏幕说了一句"傻子"。当然,没有人会回应我的话。

不知为何,那天晚上我梦到了橙子和川原。

既然做了梦,就代表睡得不深。每次早上从梦中醒来,我都会觉得浪费了一个晚上。但是梦做了就是做了,也没有地方去抗议。我就怀着这样的心情换衣服,啃面包,漫无目的地刷了刷社交软件。待到十点左右,我走出了家门。

阳光出乎意料的强烈，这使得我不得不放弃骑车，转而绕道走到了地铁站。在有空调的地铁车厢里待几分钟，既不用弄得满身是汗，又可以少骑好几公里路，这实在是不错。

走出地铁站，阳光仍旧和刚才体验过的一样强烈。从车站到董介家还要再走一段可恶的距离。但我也没钱给这附近的人行道都装上房檐，只能狠狠心走到了烈日下。

上次经过这里，还是送川原回家的时候。

那天晚上，我回到董介家去取自己的包时橙子还在。我不在的时间里他们俩都聊了些什么呢？不过在我面前他俩都只表现出对川原的担心。

走了一会儿，就可以看到那家被我当成游戏存档点的便利店。为了预防中暑，我又走了进去，特意买了茶饮料、两罐咖啡和两包零食。我掏出 IC 卡结完账，拿起东西又走到外面。还是要面对逃避不开的当头烈日。当我紧闭双唇准备再次打起精神朝董介家走去时，却突然停住了脚步。

马路对面的人行道上，橙子正朝车站的方向走着。低头看手机的她，显然没有注意到我。

她在这儿干吗？橙子的家要从这里换乘好几站呢。

正当我犹豫要不要和她打招呼时，橙子已经朝车站方向走远了。

也许是她没少流汗的缘故，她的妆容让人感觉没有以往那么精致。当然，我也没必要非把她叫住来聊聊今天妆容的事。于是我扭过头,再次朝董介家走去。

当后背都被汗水浸透时,我终于走到了董介所住的公寓。这间公寓对于学生来说多少有些奢侈。走到楼门处的阴凉儿下,总算是躲开了烈日。仅仅如此,就让我一下子感到凉快了不少。

又爬了几层楼后,我再一次来到了董介家门前,实际上距离上次来这里才没过几天。

我按下门铃,屋里开始传出了声响,几秒后我又听到了貌似硬物落地的慌乱声音。

紧接着,门锁发出清脆的声音。我看到了只穿着一条内裤、脖子上还挂着毛巾的董介。

"你来得可真早。"

"你正忙着呢?"

"哪有?没有的事儿。"

我跟在董介后面进了屋,脱下鞋,又跟着光溜溜的他走进客厅。尽管来过不少次了,但今天这里却给我一种不大一样的感觉。

那是一种淡淡的、甜甜的香味儿,既不来自于食物,也绝非来自于香皂。

"额……"

我恍然大悟,惊愕之间一不留神发出了声音。现在,我终于能把今天发生的几件事情都串在一起了。不知道董介看到我的惊诧作何感想,他只是看着我说道:

"枫，是这么回事……"

"哎，没事。这不是常有的事情吗？"

在一种默契之下，董介没再解释，苦笑着说："嗯，你说得对。就是那么回事。"我到卫生间洗手时，看到盥洗池的角落里放着对董介来说毫无必要的隐形眼镜的空盒。

借这件事戏弄一下他虽然也无妨，但今天毕竟是来说正事的。

回到屋里，我告诉董介说我买来了咖啡和零食。已经换上裤子和 T 恤的董介从冰箱里取出冰镇果汁。这样的场景真像是暑假时到朋友家里准备一块儿打游戏啊。但我们接下来要做的是启动作战计划。

"我想用电脑打开收到的链接看一下，能借用你的电脑吗？"

"你还没看呢？"

"我打算和你一起看。"

董介打开了摆在桌上的电脑，而我则打开了罐装咖啡。我们静静地等了一会儿，音箱中传来了 Windows 系统特有的启动音乐。

"就交给你了。"

听董介这么一说，我赶紧坐到了椅子上，移动起鼠标准备打开那个链接。顺带说一句，我给这个邮箱使用者伪造的身份是一名聪明能干的大三女学生。

"没想到，他们真的会把链接发过来。"

董介在我身后看着电脑屏幕。

"就是啊!进这家公司工作的人真可悲。"

我点开愚笨的人事职员发给我的邮件,把鼠标指针对准其中的链接。也许是个陷阱。虽然心有不安,但我还是点了下去。

意外的是,这虽然不是陷阱,但和我的想象却有些出入。

"哎哟,真的假的!"

我下意识地发出了无奈的感叹。

"怎么了?"

"要密码才能打开。否则看不到资料。"

看来给我发来链接的家伙虽然不聪明,但还没笨到把最后一把钥匙直接送到我们手里。

尽管我在头脑中冷静地分析着,但面对眼前这意料之外的情况,心里还是开始焦躁。原本打算顺利地打开这个链接,把资料拿到手,再和董介讨论如何把它扩散出去。可眼下的情况就好似在告诉我:此路不通。

我们当然不知道密码是什么。此时如果再次询问对方的话,肯定会引起怀疑。当然也不能问阿天,川原这种摩艾最普通的成员想必也不会知道密码。

"我们必须要破解密码。"

"破解?搞得像间谍一样。"

董介笑着说道。但现在确实不是开玩笑的时候。如果我们没能及时破解密码,那么很可能会有某个公司的职员在收到我的邮件后与摩艾核实情况，到那时我们的行动就会露出马脚，而摩艾也一定会把资料转移。所以，在那之前一定要找到密码。

密码，密码……我在心中默念了好几次。

"你说，他们会设什么样的密码呢？"

"嗯……要是学校里课程讨论小组的共享云盘，那密码肯定会是时下的流行语。"

"要真是那样，就没法破解了。"

Hero，这是摩艾会长的绰号。我尝试着将其输了进去，考虑到万一输入密码有次数限制，最终还是没敢点击确认。

"董介，你们课上讨论的资料也在用这个网站存储吗？"

"对，但是我不怎么会用。"

"输入密码的时候，有次数限制吗？"

"好像是没有。我之前把密码忘了，试了好几次，也没出现什么限制。"

这是个好消息。我真庆幸董介之前忘记过密码，还反复尝试输入过。放下了悬着的心，我摁下了回车键。屏幕上立刻显示密码错误。

接下来我又尝试着输入了大学校名，但是密码最多只能输入八个字符，学校的名字太长，所以肯定不对。然后我们又尝试输入"moai"这几个字母，但仍显示密码错误。

"看来，真没有那么简单。"

"……哎，慢慢来吧。里面的资料不会跑。"

话虽这么说，可我正是考虑到资料可能会"跑掉"，才如此着急。但董介似乎没有想到这点。我不想特意说明什么，就没有接他的话，而是问了一个重要的问题。

"若密码不是时下的流行语，那还会是什么呢？"

"嗯……那可能就跟摩艾没有什么关系了吧。"

"那样的话，就有多到试不完的可能了。"

"会不会是某种暗号？"

我虽然心里想着希望不大，但还是试着输入了"理想"两个字的英文拼写，结果印证了我的猜想。

那之后我又进行了不少尝试，把能想到的和摩艾有关的词汇都输入了进去，但都没能突破面前的这座高墙。

恐怕这个密码问题光靠我们自己是解决不了了。难道只能再等下一个笨家伙出现，让他把密码直接告诉我们？可那样的话时间还来得及吗？

"该怎么办呢？"

我很清楚，即便在电脑前再怎么焦躁，事情也不会有什么进展。所以我站了起来，打开刚买回来的咖啡喝起来。咖啡变得不那么冰爽了，但其中的糖分还是能滋润我的大脑。

在我稍事休息的这段时间，董介也靠着他的灵感尝试输入了几次密码。果然，他也没能找到任何突破口。我坐在地板上陷入了沉思。如果是与摩艾有关的密码，那么由谁来设定就非常重要了。若真是阿天设定的，那就不用指望能破解出来了。因为我确实搞不懂阿天那种人的思考方式。但如果说设定这个密码的是在摩艾里比阿天的地位更高的人……

董介坐在椅子上，用力地伸了个懒腰。

"嗯……要真是和摩艾有关的密码，就只有你能解开了。"

"……密码中会不会包含日期？"

"是啊，有可能会吧。"

"06……21。"

我甚至担心自己的声音在董介听来会不会像是某种祈祷。

在开口问我这组数字的含义前，董介就已经将其输入进去了。

我注视着他的手指摁下了回车键。接着，耳边响起了在我听来异常刺耳的密码错误提示音。

"啊，好像不对啊。"

与此同时，屏幕上显示出我已经看过无数次的"密码错误"的提示窗。但比起尝试失败，有件事却更让我感到失望。

"你说的这是什么数字？"

"摩艾成立的日期。"

"你现在还记得啊！那要不我再试一次。"

董介再次输入了一些数字与字母的组合。

moai0621

再次敲下回车键。

"噢!"

董介发出了惊叹。我就在他身后,也惊讶得快要跳了起来。

屏住呼吸的同时,我咽了咽口水。

电脑的液晶屏上出现的是一个新的网页,与之前提示密码错误的页面完全不同。

页面上排列着几个文件,其中一个的文件名为"企业共享名册"。董介默默地把鼠标指针移到文件夹上,点下左键。

展现在我们面前的是一个 Excel 文件,内容就是学生们的联系方式。

"不得了,你太厉害了。枫,快来看!"

董介回头大声地称赞我。但我却不知道该如何回应。这既是因为我很少被他人称赞,也是因为我不觉得记住一个日子有什么大不了的。

但真正让我无法做出回应的原因完全不在于这些。

一下子,我感到全身被某种情感缠绕了起来。

"这没什么,我也觉得很意外。"

这种情感像是某种喜悦。

之所以说"像是",是因为我知道这不是真的喜悦。

我不清楚如何用语言表达这种情感。但我记得自己曾感受到过类似的东西，只是没有眼下这么强烈。我感到喜悦，是因为我和她的共同意志还留存着。但掩藏在我们共同意志之下的学生名册又完全证明了摩艾在非法地协助那些企业。这让我迷茫。上一次拥有这样的感受，究竟是什么时候呢？

难道说是那天下课后，秋好追上夺路而逃的我时吗？不，我想并非如此。那时我感受到的应该只有意外和茫然。那么，究竟是什么时候呢？

"哎，枫，你快看这个。"

现在没时间去分析自己的情感了。我看向屏幕，文件中出现了我的姓名、专业和联系方式。董介在我的要求下，赶紧把文件下载到了电脑桌面上，并命名为"企业共享名册（作战用）"。现在，我们暂且算是掌握了关键证据。

"那现在，我们该拿这个证据怎么办呢？"

董介性急地想赶紧知道下一步计划。于是我和他说起了自己的想法。

"我打算，把这个文件和企业发来的邮件一起上传到网上。可以上传到论坛或者博客之类的地方。那时，一定会有人给学校打来投诉电话。这样就可以给摩艾造成沉重的打击。"

"没错，你说得对。"

分明是董介向我发问，可现在他却放低了语调，声音里还带着一丝冷淡。他这是怎么了？难道说计划进行到了最后一步，他也同样感慨万分？对于董介的态度，此时的我不想深究。

然而这时，董介用力地吸了一口气，又呼了出来。显然他是有话要对我说。

"枫，要我说……"

"怎么了？"

"咱们都走到了这一步，也不知这话该不该讲，但我有一些自己的想法，你能听听吗？"

董介说这话时没有看着我。都到这个节骨眼儿上了，他到底想说什么？

"嗯，你讲。"

董介扭过头，冲我笑着。他的笑容里混杂着许多情感，看起来好像已经到了极限而马上要撑不住了一般。

"我想说……"

一瞬间，我感到沉默像一个标点，阻隔了时间的流动。

"我们……差不多收手好吗？"

"哎……？"

刚刚还残留在室内的甜腻香气，现在已不知飘散到哪里去了。

在我快要升入大学二年级的那段日子,只要走进食堂,就会不时地看到秋好和胁坂在一起吃饭。

我尽量避开他们的目光,但有时还是会被他们中的某一个注意到。此时,若是秋好看到我,我则对她挥挥手,若是胁坂看到我,我就对他点点头。然后,再坐到与他们有一定距离的位子上一个人吃饭。

现在回想起来,那时的我算是达成了刚升入大学时定下的目标——过着还算平静的大学生活。

摩艾逐渐地扩大规模,开始作为正式的学生社团开展起了各式各样的活动。虽然还没有如今这种交流会,但那时的摩艾也会借来大教室办活动,还以方便毕业生就业的名义,邀请社会上的嘉宾举办讲座。但我参加的只有一周一次的例会。这还是因为秋好对我说希望我能出席。

摩艾。恋爱。学业。秋好过着繁忙的每一天。

与她相比,我只是平凡地上着课,平凡地打着工,平凡地与董介相识了,当然那时还不知道以后会与他成为朋友。

我与秋好的步调当然也不再一致,有时好几周也不见得能与她单独见一面。在第一次与秋好相遇的那门课上也是这样。因为到了第二学期,我们都开始与熟人坐在一起。从那时起,我与秋好就再也没并排坐在一起过。

作为她的朋友,我可能也曾感到过寂寞。但既然我是在以我的方式过着我的生活,当然也不会对秋好的生活指手画脚。我不是那种不知好歹、没有轻重的人。

"对于摩艾,你可以多提些意见啊!"

不仅是秋好,还有很多人也对我说过同样的话。比如协助摩艾组织活动的老师,或是那些与我毫无关系的毕业生们。

他们之中没有人了解我的人生信条。既然他们不了解,凭什么要对我这样说呢?虽然想要反驳,但我的人生信条约束我不能去否定他人的看法。所以每当遇到这种情况,我都只会一笑而过,因为反驳本身就违反了我的信条。

胁坂倒不会对我多说什么。他只是把无欲无求的表情挂在脸上,悠然地观察着他们一手做大的摩艾。虽然我与胁坂也闲聊过几次,但和秋好不同,我本就是个无趣的人,因此也没能把和他的关系推进一步。

日子一天又一天周而复始,身边的一切都好像没有发生什么特别的变化。那时的秋好肯定想象不出什么叫作"平凡的大学生活"。因为她每天都忙得自顾不暇，即使远远地望着她，也能明白她的日子充满了新鲜和刺激。那时的我也看不出她这样的生活到底是好是坏。

但是，这种变化带来的影响终于还是出现在了秋好身上。

那一天，我照常去参加每周一次的摩艾例会，其实也只是去听听成员们对今后应该如何开展活动做的积极讨论。对此我并没有什么建议，所以一直都尽可能地坐在教室后排挨着窗子的偏僻角落里。这个位置恰好有一点像与秋好初遇时坐的位子。

我实在搞不清楚为什么秋好觉得我有必要来参加这个例会。我没有问过她。

我也没有很注意去听讨论的内容。

但是其中的一句话，却至今仍清晰地回响在我的耳畔。

讨论中，好像有人对秋好提出了意见。大意是说想做某件事，或者希望按照某个方向来推进社团的活动。

秋好摆出一副思考的样子，看着提出意见的同学准备的资料，用企图说服他人的语气说道：

"你说的我理解，但是有些不现实。"

我怀疑自己听错了。

无论这话究竟是出于什么目的，我都不能相信它是从秋好嘴里说出来的。

现实！现实！现实！

不管我在脑海里怎么咀嚼这句话，它的意思都不会产生变化。

摩艾是为了追求理想而成立的。在摩艾的活动中，某个成员为了追求理想而提出的意见，竟被秋好以"不现实"为理由否定掉了。

我不能相信，也不想相信。

我们难道不是一起朝着理想一路走过来的吗？

我注视着秋好，期待她会纠正或者解释一下自己刚才的发言。

可直到会议结束，秋好都不曾注意到我的视线。

从那天起，我就再也没去参加过这一周一次的例会了。

听到董介的提议，我不由得怀疑起自己的耳朵。

"'差不多'是什么意思？"

"嗯，就是，我想差不多到收手的时候了。"

"为什么？"

"嗯……"他转动椅子，将身体面向我。

"我之前就在想，枫，我们把摩艾搞垮了，真的没问题吗？"

"咱们就是为此才辛苦了好几个月，当然没问题。"

面对我反射般的回答，董介脸上却浮现出了复杂的表情。很明显，这表情代表他只是假装接受了我的想法。

"是啊。我也答应陪你一起干。那个……"

"你就直说吧。"

"我也不是不理解你的心情。"

董介的态度，好像是在表明他并没有责怪我的意思。

"自己创造出来的东西，因为别人变了样，你很愤怒，我非常理解。但如果考虑一下摩艾现在的那帮人，我又觉得搞垮它会不会不太好。我最怕的是你会后悔。"

"……不对，不对。"

我首先想到的是，董介究竟理解我吗？对于我的心情，他到底能够理解多少？迄今为止我后悔过的事情不算少，但却没有想到他会担心我为摧毁摩艾而后悔。我更没有想到，董介要袒护他们，袒护那些把摩艾变得扭曲不堪的人。

我开始考虑起他退却的理由。

"难道说，你被阿天拉拢了？"

"怎么可能！哎，但也不能说完全不是。我现在偶尔也跟他一起出去，他人真的非常不错。当然，学生名册这件事，肯定错全在他。"

"是吧？所以就该搞垮它。我们那时可不会干这样的勾当。"

摩艾曾经是我和她两个人践行理想的地方。那时的我们绝没有做过任何不义之举。

即便我今天站在阿天的立场上，也绝不会允许摩艾做出这样的事。

"你为什么要向着他们？"

"嗯……也不是向着他们。我看到企业的人冒失地把邮件发来，有了些自己的想法。"

"什么想法？"

"像阿天和那个人事负责人的错误，我也可能会犯。

也许他们是一时鬼迷心窍，也许是没意识到自己在做坏事，这都是可能的。所以，我们是不是没必要做得这么绝？就是说，不一定非要搞垮摩艾。可能有许多人和曾经的你一样，把现在的摩艾当作自己的容身之地。这些呢，是我参加交流会的时候，还有通过与川原的接触得出的。"

我愣住了。

"什么叫'没意识到自己在做坏事'？你看看这些名册，他们在收集学生的个人信息，然后再卖给企业！肯定是为了钱，要么就是为了维持摩艾与企业的关系。说白了，他们就是在为了自己的利益，把我们的隐私当作交易的筹码。我只能这么想了。"

肯定是这样。即便事实不是这样，像阿天那种不懂得与他人划清界限、不顾别人的感受而擅自踏入他人内心的人，谁会知道他们把我们当成什么。

"烧烤会那次，你也感受到了吧？"

我脑海中又浮现出了烧烤会上，那一张张吐出轻浮言语的嘴。

"他们根本就是看不起我们。"

"不是那样。"

董介直直地盯着我的眼睛，闪电般地反驳了我。这让我吃了一惊。

"我们不也一样看不起他们吗？"

"……"

"最近这些日子,我终于想明白了。我们一直把他们看成浅薄无礼的人,给他们贴上各式各样的标签,然后再鄙视他们。当然他们也做了一些让我们觉得不爽的事情。但是本质上我们又比他们高尚多少呢?"

董介向我掷来这些控诉一般的激烈观点。我陷入了沉默,董介好像突然明白了什么,移开了直视我的目光。

"抱歉,我并不是在对你说教。"

"你是受到他们的影响,才变得这么轻浮,然后对学妹下了手吧?"

董介好像一瞬间没能理解我在说什么。他愣在那里想了想,皱起眉头,然后安静地做了一次深呼吸。

"不是的。"

"你说不是,难道你对她没那个意思吗?"

"所以说……对,我承认对她有意思。"

"因为有那个意思,而且橙子现在和异地恋的男朋友闹了点矛盾非常脆弱,所以你就对她下手了。这是事实吧?"

董介把手贴在脸上低下了头,一言不发。我猜他肯定也没法反驳。董介是我的朋友,但如果朋友做错了事,也应该认真指出来。

我一声不吭地等着他的回答。不知道他是要举白旗了,还只是受不了眼下的氛围,董介低着头,笑了一声说道:

"的确就像你说的。"

董介用双手捂住脸,好像干了什么见不得人的事一样。

"但是枫,你刚才不是说这种事情常有吗?"

见到董介又笑了,我也放下了悬着的心。

"那只是随口说的,这种事哪里常见了?"

他又笑了出来,我也跟着他一起笑了起来。我们这到底是在干什么呢?

其实,自我和董介相识以来,这样的小摩擦就已经有过几次了,但都没有破坏我们的关系。每一次我们总有一方会先笑出来,笑两个人因为一些无聊的事去较真。看样子,这次的争论也会和往常一样收尾,想到这里我松了一口气。

但这次,我必须要让董介明白摩艾都干了些什么,尽管他可能早就了解了。

当我还在思考时,董介把随手丢在桌上的U盘插进了电脑。我还在纳闷,他已经迅速地把U盘又拔了出来,然后拿到我面前。

"枫,抱歉。"

"哎?"

"我先放弃了。"

他脸上还带着一丝笑意。

"对不起,我本来是要帮你的。但是经过这几个月,我已经不能单纯地把摩艾看作邪恶组织了,所以我可能干不下去了。"

董介坐在椅子上，向我低下了头。

"我确实说过要搞垮他们，那绝对不是谎话，但现在……实在对不起了。"

董介递过来的U盘，和他为表达歉意低下的头就在我的眼前。我知道，如果我不收下U盘，那么董介就绝不会抬起头。没办法，我只能毕恭毕敬地接过了他手中的U盘，以及他的决定与歉意。

"但是，我觉得你生气肯定也没有错。"

"你要是真这么觉得……"

"但就是做法让我有些无法接受。实在对不起。"

董介的笑容甚至显得有些顽固。我把U盘装进口袋里，向后退了一步。我的信条，不与他人过度接近，不否定他人的看法。

"哦，对了，枫，你还是要好好跟橙子相处。虽然她跟你是完全不同的两种人，但除了有点小心机，还过于能装睡之外，真的是个不错的女孩子。"

"橙子其实懂得的也不少。"董介笑着说。我又向后退了一步。

"要不你也试试和阿天多聊聊？你要是把他看作摩艾的阿天，自然会把他当敌人。但你要是只把他当作同届的天野同学，可能会有不一样的看法。"

我又后退了一步，与董介拉开了距离。

"还有就是，说不定摩艾的会长阿宏也不像你想的那样呢。她叫什么名字来着？我记得在交流会上听过。"

看样子，董介已经做好了与我不再见面的准备。但是他却抬头看着天花板，语气仍像往常一样轻松，那样子就像是咽不下苦口的药却在强作镇定。

"哦！对了，她叫秋好。"

董介再次看向了我的眼睛。恍如隔世，我已经多久没有听到过有人叫这个名字了？

"那个叫秋好的人，你也可以试着跟她好好聊聊，或许她人也不错。"

我转身背对着董介，跟跟跄跄地走到门口穿上鞋。

就在我踏出房门的一刻，董介的声音又再次响起，而我就像没听到他说什么一样走了出去，关上了门。

"等你再来啊。"

我想，这句话也会像橙子留下的味道一样，不知何时，会如同从未存在过一般消失得无影无踪。

身为摩艾独一无二的领头人，秋好之所以被大家叫作阿宏，究其原因在于摩艾的第三位成员寻木。

有一次我们三个人聊天，正好聊到了当时流行的角色扮演游戏。

"寿乃，我觉得比起'勇者'，你更应该是'英雄'——Hero。"

听到寻木的评价，如果换作一般人，肯定马上就会明白她讲的是游戏，然后或者感到不好意思，或者谦虚地一笑而过。但秋好的反应却非同一般。

"我现在还不是呢。"

这句话让人感受到了她对未来的执著和希望。看样子，寻木也非常喜欢她的回答，就这样从那天起，她开始半开玩笑地称呼秋好为"Hero"。

那之后，发生了一件可笑的事情。成员数量迅速增加的摩艾中，有人误会了寻木对秋好的称呼，以为秋好的名字就叫作阿宏①。

关于秋好名字的误会开始迅速扩散，最终她自己也渐渐开始接受阿宏这个称呼了。秋好并不反感这个称呼，可能是因为也喜欢其中的含义吧。但我却从没有用这个名字叫过她一次。

把这个奇妙的记号刻在秋好身上的寻木，在大四时却选择离开了摩艾，开始讴歌起了大学生活的自由。现在的她好像为了做研究，正在美国留学。记得大三那年的某一天，我正巧遇到她，还聊起了她未来赴美留学这件事。那时，她还托我给秋好带了一句话，就是"保重"。但我到现在也没能转达给秋好。

其实寻木心里一定清楚，我根本无法帮她把话带到。我想她就是这样的性格吧。

我也确实不可能再帮她转达了。因为，最后一次和秋好讲话已经是刚升入大二那会儿的事情了。

某一天，面对发生了巨变的摩艾和秋好，我下定决心与这一切告别。

但该如何对秋好开口，却是我从没考虑过的。

而且告别的时机来得也那么突然，完全不在计划之中。

当时，我正好在校园里碰到了秋好。

"啊！"秋好看到我的瞬间，发出了不知所措的声音。

---

① "Hero"的读音与日语中"阿宏"的读音很相近。——编者注

她努力做出自然的笑容朝我走了过来,这反倒让她看起来不那么自然了。

"真巧啊。"

"……嗯。"

"真的好久没见了。你最近都干吗呢?"

"我每天都在好好来学校啊。"

我并不知道在秋好听来我的语气是怎样的。刚走近我的她后退了半步,但仍没有放下那强装出来的笑脸。

"枫,你接下来有课?"

"嗯。"

"在哪儿上啊?"

"在B栋。"

"那咱们顺路。"

秋好先迈开了步子,我则跟在她身旁,始终保持着半步的距离。外人是怎么看我和她的呢?可能会觉得我们是朋友,无论怎么误会,也肯定不会觉得我们是恋人。尽管在我和她之间,还残留着一份多余的感情。

走着走着,秋好先开了口。

"枫。"

"嗯。"

"你最近,完全没来摩艾露面吧。"

"嗯。"

她说的是事实,我也只能这样回答她。

"难道说,你不喜欢现在的摩艾?那我们就调整一下吧。"

"也没有不喜欢。"我想,即便和秋好实话实说也不会有任何意义,所以只是敷衍了一下。

"是吗……"

沉默笼罩着我们。

和我不一样,秋好不喜欢沉默。所以,她说出一句或许只是为了圆场、并没有包含什么特别意思的话。

"还是和大家在一起,才更开心。"

可对我来说,这句话正是压死骆驼的最后一根稻草。

"……我说。"

看着在我身边低着头的秋好的侧脸,我清楚地说出了自己的想法。

"我要退出摩艾了。"

那一刻,秋好的目光终于久违地看向了我。

我到现在都还记得她那时的表情,好像是惊讶,又好像是难过,同时又混杂着愤怒。

"为什么……"

眼前的这张脸,还有这声音的主人毫无疑问都是秋好。但我心里清楚,我眼前的这个人,已经不是我认识的秋好了。在我眼前的,只是一个舍弃了理想的无聊的大学生。

可能有人会觉得这种说法有些过分。但我的想法是正确的,后来的摩艾也证明了这一点。摩艾不断地膨胀,变得在校园里也总是一副旁若无人的架势，早就不再是当初秋好所追求的样子了。作为秘密组织的摩艾已经荡然无存。

飘渺的理想伴随着清脆细小的声音，轻易地碎裂了。

对摩艾失望的我，决定彻底忽视它。

但我在心中也一度相信过，相信秋好会再一次寻回理想和自我，再一次回到那个毫不在意旁人目光的时候，再一次将摩艾变回原样。

可即便我已经升入了大四，也仍没有看到有什么发生。

我必须要完成自己的使命。

追求理想才是摩艾真正的意志，而这个意志就由我来继承。

改变后的摩艾伤害了许多人，为了他们也为了昔日的我和秋好，绝不能放过现在的摩艾。而且，我也绝不会对改变后的秋好视若无睹。

我的想法，一定是正确的。

原本一直把董介当作战友,他却突然出尔反尔,这让我感到非常失望。离开董介家后,这份失望也一直沉重地压在我的心头。

明明说过要粉碎摩艾。明明说过厌恶摩艾。

我一个人回到了家,进门后手也没洗就不假思索地坐到了电脑前,就好像是有股力量把我扔到椅子上一样。打开电脑,插上董介给我的 U 盘。

那里面除了"企业共享名册(作战用)"之外还有几个文件,也许是董介忘了删掉。我打开那些文件看了看,可能只是他课堂讨论时用到的资料。我跟他专业不同,所以也看不太懂其中的内容。既然是随便放到 U 盘里的东西,那肯定就代表董介已经用不上了,于是我索性把这些碍事的文件都删除了。

再一次打开了名册,我发现里面的人数之多着实让人震惊。恐怕他们孜孜不倦地举办烧烤会之类的活动就是为了收集这些。但我转念一想，如果直接收集参加就职交流会的人的信息，岂不是效率更高。

从网络上下载这个文件时需要输入密码，而密码就是摩艾成立的日期。这就意味着密码应该是秋好设置的。这样判断是因为这个日期不是摩艾成为正式社团的时间，而是我和秋好给当时只有两个人的小团体取名为摩艾的日子。这就意味着秋好也一定清楚这个名册的存在。重点在于，秋好与这个名册到底有多深的联系。万一这件事闹大了，当事人甩出一句"我们是受领导指使的"，那摩艾的处境就更危险了。

知名大学里的就业社团负责人，把收集来的个人信息私自交给企业。这件事要是让社会上那些讨厌年轻人、憎恶知识分子的人知道了，肯定会燃起他们的怒火。

话说回来，先不论这件事是由谁主导的，摩艾把名册交给企业究竟是为了得到什么呢？难道是为了活动资金？可我也听说过，他们有正式的赞助商。那么剩下唯一的可能性就是摩艾这么做仅仅是为了和企业保持某种联系。或者说，摩艾的成员在面试这些企业的时候，或多或少会得到一定程度的照顾？

怎么样都无所谓了。只要给这些证据打上问号，然后扔给那些满怀恶意的人们，各种各样的"答案"自然不会少。不然网络上的那些谣传和煽风点火都是怎么来的呢？

事到如今，我一个人在这里胡思乱想也没有什么用。

意识到这点，我立刻给名册以及企业发来的邮件都截了图，为了方便传播又把图片拼接在一起。这些工作的难度不大，课上学来的电脑技术就足够应付了。

这样，炸弹的制造就算首先完工了，剩下要做的只是把它放到网上等待巨响。

我喘了口气，又想起了董介说的话。

事实上，我也并不是完全没有罪恶感。但那感觉并不是对不起秋好或者阿天这些运营摩艾的人。让我对自己感到罪恶的是那些被卷入摩艾的人们。如今的摩艾已经深陷歧途。但正如董介所说的，也有人把这样的摩艾当作自己的救赎，当作归宿，比如川原就是如此。

考虑到有她这样的人存在，我就不能只把计划停留在粉碎摩艾或是削弱摩艾上。更重要的是在这一切都成功，即抹杀掉现在的摩艾之后，人们需要一个本真的摩艾，一个追求理想的摩艾。

如果能创造出那样的摩艾，那它一定也能成为川原她们的归宿，或许也会成为我的归宿。

所以，我不需要现在的摩艾。

我把处理后的图片存进董介的 U 盘里，然后把 U 盘从电脑上拔下来放进了口袋。以防万一，我准备换个地方投下炸弹。

被秋好变成了谎言的约定，就由我来再一次实现。

我心中的火焰没有因为孤身奋战便燃尽，反而烧得更旺了。

在我面前仿佛摆着无数扭曲的多米诺骨牌。我用力推开房门,就像在推倒它们中的第一块一样,大步走了出去。

走进打工的药店后门时,我努力保持着神情自然。但同大家打招呼时,我的神经却紧绷得几乎要断裂。川原坐在圆凳上,手撑着脸,眼睛一直盯着手机。她用力紧锁着眉头,脸上的肌肉好似要发出碎裂的声音。尽管从没见过她这样的表情,但我马上就明白了——她正在发怒。

就在我为了尽量避开她怒火的能量辐射区而贴着杂物室的墙边走过去时,我还是听到了她跟我打招呼的声音。所以我只能放弃躲藏,硬着头皮对她说了句"你好"。川原把目光转向我这边,果不其然那眼神里充满了愤怒。

我当然不能问她发生了什么,因为那是明知故问。让川原愤怒的原因,除了圣人和隐士,恐怕现在整个学校里已经尽人皆知了。我当然不属于这两种人,所以不能装作完全不知道的样子。

"好像心情不太好啊。"

"是啊。唉,真的是……啊,真是的。"

无法准确地用语言表达自己的心情，川原在愤怒中用力地"啧"了一声，露出了她久违的不良女大学生的一面。然后，她好像又突然意识到了什么，把手机装进兜里，急忙朝着我点了下头，说道：

"不好意思。"

"没事，我不太清楚你是怎么了，又不大好问。只是看你心情不好。"

"不只是心情不好，实在是太令人恼火了。"

要是我能有时间听川原说下去的话，她一定会激动地给我讲起这世界上有多少不平之事。只可惜接下来我们马上要开始工作了。

时间流逝，认真工作一会儿后，我们就像往常一般迎来了闲暇时间。今天轮到我负责收银。川原拿着拖把，走到了正在整理柜台前的销售传单的我身边。

"能听我发会儿牢骚吗？"

要求来得非常直截了当。

"什、什么事？"

川原使劲地用鼻子呼出一口气，好像是在给她充满怒气的大脑泄压。

"为什么这世上会有那么多喜欢嘲笑素不相识者的不幸的垃圾呢？"

"哎，这个……我也不清楚。"

"我也是。"

对话到此结束。虽然只有短短几句，但我十分清楚川原在说什么，更清楚她为什么会感到如此愤怒。然而我还是尽力装出了一副难以理解的表情。即便川原并没注意我的脸，但我仍然告诉自己不赶紧练习装傻的话，到了紧要关头难免会露出马脚。

如果是平时，我和川原的下一次对话应该只剩下工作结束时的告别了。但今天我还想要再问她一件事。

打工结束后，我像平常一样比川原稍晚一些离开更衣室，然后马上来到骑在摩托上的她旁边。

"川原同学。"

在她向我告别之前，我先开了口。可能因为这是第一次，川原露出吃惊的表情，赶忙闭上了张开一半的嘴。

直奔主题显得太过突兀，所以我先做了个铺垫。

"你别生气了，不然可能对身体不好。"

看来我选择不疼不痒地对她表示一下关心是个很正确的决定。川原放松了紧闭的双唇，朝我点了一下头。

"谢了，我现在问题不大。"

"虽然跟我这个外人没什么关系，可摩艾接下来该怎么办呢？"

"你也在担心这个呀，还以为你不感兴趣呢。"

"哎，毕竟你是从我那里了解的摩艾。"

我的回答，还有我略带玩笑的口吻，这些都是提前设计好的。川原朝我笑了笑说：

"嗯……也不知道会怎样。社团里的干部们现在正紧张地向上面道歉，还有就是到各处去说明情况。现在由谁来承担这个责任还没确定，我也不好说。不过，听高年级的人讲，这次恐怕摩艾会受到处分。"

"那现在还得先静观其变啊。"

"社团的干部们准备开个情况说明会，但摩艾人数太多，一时找不到合适的会场，所以还要再等一段时间。"

"是啊，要是在学校里面开，也只有大礼堂能装得下那么多人了。"

"就是啊。"

再继续深入问下去，恐怕会引起对方的疑心。所以我索性顺着川原的意思表达了一下真切的关心。

"希望事情能向你可以接受的方向发展。"

"谢谢。不过，船到桥头自然直吧。"

"不好意思，为这事特意把你叫住。"

"没事，田端前辈又不是那种垃圾。你能听我说这些感觉好多了。那就晚安了。"

说罢，川原带着微笑飒爽地飞驰而去。刚才她对我说的不是"再见"而是"晚安"。且不管这态度上微小的改变，我真心感谢川原这位善良却不自知的间谍。正是因为有了她，我才能了解到摩艾接下来的活动计划，也大体搞清楚了摩艾目前的内部情况，而这些本是外部人员无从知晓的。

看样子，关于摩艾今后将如何，目前社团内部还没有得出能对外公布的结论,但川原提到的说明会非常重要。这就表示摩艾的干部们并不打算掩盖事实,而是选择直面问题并担起责任。真若如此,对于我而言这是个可以接受的好方向。尽管川原非常生气,但人们可能会把这次事件当作一个转机,从而把摩艾带回正确的道路。因此,这是一个非常好的趋势。

这次事件,当然指的是摩艾擅自将学生们的资料交给社会上的企业的事。

现在我既感到自己的计划有了成效,同时也感到了某种事情正朝着无法预测的方向发展的恐惧。

距离我得到那份名册只过了三个星期。

我投下去的炸弹就比我当初预想的还要迅速地引起了人们的关注,同时还在大范围地带来伤害。

起初,我向几个社交平台和论坛上传的图片并没有受到什么关注。那时,我还担心此事会不会就这样石沉大海。但很快我就意识到自己的担心是多余的。

最先燃起大火的是社交平台这边。某位完全不了解详情的人看到这些图片后告诉了另外的人。于是一传十、十传百。不久,消息就传到了拥有大量粉丝并且带有攻击性的用户耳朵里,一次巨大的爆炸就此被引发了。以此为契机,论坛这边也开始有了反响。我看到事情的经过甚至被网络媒体总结成了新闻报导。图片开始被各个平台肆意散布。无法判断真伪但自称是摩艾的受害者的人也开始出现。

网络上还有一种观点认为，摩艾发生这样的事绝非偶然，因为社团内部早就有了这样的不良基因。

就这样，很快就有人找到了摩艾和学校，就连给我发来邮件的企业也在直接要求他们明确表态。我还听说，甚至有关注这个事件的人实际打电话或是发邮件询问过当事方。但是他们并没有得到什么有价值的答复。因此在那段时间里，即便是身为摩艾一员的川原，最多也只是知道摩艾里发生了不得了的事。

就在我想着或许事情就要到此为止时，第二次爆炸发生了。某家周刊杂志可能是在网上找不到更好的八卦了，因此就把摩艾的事情登了出去，尽管只是小小一栏。我读了他们的报导，撰稿人看样子并不重视摩艾的所作所为，反而把企业方漠视法律，从学生手中非法获取个人隐私的行为当作了抨击的重点。报导中还提到：有相关人士指出，摩艾成员在参加就职面试时得到了照顾。真不知道杂志社是从哪儿得来的消息。自此，知晓摩艾丑闻的人们开始纷纷把摩艾和相关企业当作公敌。他们这样做的最大原因想必还是受到了杂志爆料的诱导。最可笑的是，这些人的核心意思是难以接受他人比自己占的便宜更大。正如川原所说，摩艾现在已经成了让那些嘲笑他人不幸的垃圾们分享的大餐。

事情的发展再一次超出了我的预期。

我做梦也没想到，这件事竟会闹得上了周刊杂志。早已走上社会的成年人们竟会如此轻而易举地上钩,看来他们也不过就是多活了几年,在兴趣和行为上和我们并没有多大区别。

川原走后,我一个人骑上自行车,开始从寂静的停车场向家的方向骑去。上次离开董介家以后,我就再也没有见过他了,当然,也没再见过橙子。我虽然也想问问他们对如今这个状况的看法,但即便问了又有什么意义呢?已经没有任何意义了,因为事态的发展早已脱离了我的控制。

像往常一样,我来到便利店买了份打折便当便回了家。进门后,我洗漱了一下就很快打开了电脑。买回来的便当若是加热再吃,会变得软塌塌的,所以我直接吃了起来。

打开社交软件,登录自己常用的与事件没有任何关联的账号,我搜索了一下关键词"摩艾",马上就看到厌恶摩艾的人数日益增加,网上更是充斥着揶揄和嘲讽。光是看到这些,我就仿佛陷入了一种被催眠的状态,大脑发昏,心跳加快,甚至有些想吐。

但在网上也不是没有人声援摩艾。这些人认为,现在所有的大学和企业其实都在干这种勾当,不足为奇。也许这样的看法还比较普遍吧。可惜的是,只要我稍微拖动滚动条,这些声音马上就被各种谩骂所覆盖。

人们最初只是把摩艾当成一个莫名其妙的团体。而如今,他们则开始把攻击摩艾视为一种消遣。

而我则以一种向世间发问的姿态参与了这场"盛宴"。

就在今天早上，我还向外界抛出了新的诱饵，其效果当然也显而易见。

现在事情闹得这么大，基本已经脱离了我的控制范围。但终归我还是想把这场游戏放在自己的掌心里。

新的诱饵其实并不是什么特别的东西。我只是把另一个企业的邮件截图做成了新的图片，然后在网吧里上传到网上。

因为这次只有一张图片，可能会让人感到有些乏味，所以我加入了一行文字。

何为理想，究其对错。

本想就这样点到为止，但情绪再次驱动了我的手指。

毫无顾虑地接近他人，又自作主张地评判他人，他们的理想究竟是什么？

这段文字被加进了图片里，就内容而言多少包含了一些对董介和橙子的讽刺。马上就会有吃瓜不嫌事大的人再次将新图片四处扩散。

我估计这张图片也迟早会传到秋好手里。希望这能成为她悔过的理由，帮她洗心革面。

但秋好的反省和悔意却迟迟没有出现，为此我还专门关注了几个她的社交软件账号。然而，这段日子里，秋好完全没有发布任何新的动态。她的账号里只罗列着一些照片，一部分是无聊的交流会，另一部分是不起眼的风景照。

可能还需要些时间和更大的爆炸吧。我一面考虑着，一面在软件里搜索"摩艾"二字,然后拖动鼠标浏览着消息。

突然,某条消息吸引了我的注意。

它在我眼前只是那么一闪而过,但还是让我一度怀疑起自己的眼睛。然而,当我将滚动条再次拖回,才意识到怀疑自己的视力毫无意义。

我先是吃了一惊,然后就再也无法将自己的眼睛移开了。

在这个连接虚拟和现实的网络海洋中,有这样一张图片。

那是秋好和阿天的合影,我绝对不会看错。

可能是在某场社团庆功会上被拍下的,照片上的两个人满面春风,还朝镜头举着酒杯,好像是亲密无间的朋友。

我猜测这应该是最近拍的。因为这张照片里的秋好与我手中的那张照片里的相比,头发已经剪短,还认真地化了妆,并且穿上了正装。她那样子就像是交流会当天的打扮。

我本来以为这是哪个粗心大意的摩艾成员在还不知道发生了什么的情况下上传到网上的。但事实并非如此,看样子上传图片的账号应该是所谓的小号,里面除了这张二人的合影之外,只有两条动态更新,而且都是电话号码。我对其中的一个好像有些印象,于是急忙掏出手机来确认。

果然,这个号码虽然我已很久没拨过了,但它还保存在我的手机里。那是秋好的手机号码。那么,另一个号码一定就是阿天的了。

我曾经以为秋好早就换了号码。但现在我意识到，只要动动手指就可以马上和秋好通话了。我头脑中先是一片空白，然后就意识到事情最终开始朝着意料之外的方向发展了。

居然会有人下如此黑手。

一瞬间，我甚至有了不再让事情进一步升级而就此收手的想法。可眼下，我上传的图片已经被四处扩散，凭我一己之力，已然什么都无法阻止。

我的目光再次回到了两人的合影上。

他们的笑容是建立在无耻勾当、伤害他人、丢弃理想之上的。

这是他们自己想要的吗？还是，一切只因背负了太多人的希望？管不了那么多了，我将照片和电话号码转发了出去，又添了一把火。

摩艾会落到这步田地，就是因为干了足够多的坏事。他们是咎由自取。

想到这儿，我顿时感到自己点击鼠标的手指愈加轻快起来了。

* * *

又过了一周，学校正式发表声明要给予摩艾一定的处分。如今已到暑假了，学校方面想要尽可能避免事态继续扩大，而暑假正是个好机会。

已经修完了所有学分的我不用再去学校上课，所以每天都过着打工和回家这样两点一线的日子。

今天我也像往常一样到药店打夜工。川原差不多和我同时抵达了停车场，她看到我笑着搭起了话。

"你来了？我现在完全没问题了。"

"嗯？什么？"

"我是说我现在完全不生气了。"

摩艾出事之后，我和川原一起打工时，她都一直板着脸，而我则为此战战兢兢。看来她终于明白了我的恐惧根源。但她那少见的笑容又是从哪来的呢？

"那我就放心了。"

走进员工休息室，听到我这样说，川原长出了一口气，说道：

"哎，既然已经下达了处分，我觉得接受就好。"

"接受？"

"我也算是摩艾的成员。做了错事，那就是错了。就是说我也有责任。"

"不。我觉得这不是你的责任。"

这是我真实的想法，但她听了却摇了摇头。

"也不是完全没有。虽然不是直接当事人，但要是说自己完全没有责任，就好像背叛了自己。"

"这样吗？"

之所以附和，并不是因为我接受了川原的意见。

原来如此。

川原也希望变成那种沉醉于自我的人。

我感到了一份莫名的寂寞，但还是挤出笑容，对她说：

"你这想法可真不一般。"

"没有没有。哎，我也不太明白。摩艾内部也有不少人在指责这件事。下周六终于就要开情况说明会了。看看他们怎么说吧，可能还会让我再一次大发雷霆。"

"哎，终于要开会了啊。要是事态能稳定下来就好了。"

"是啊。要是我又生气了，下次就跟我一起去喝一杯吧。"

川原的邀请让我感到非常意外，便在头脑中考虑起该如何回答她才是正确答案，所以一时间没来得及回应她。看到我沉默了，川原有些慌张，赶紧补上了一句"要是您方便的话"。然后她对我点了点头就走进了更衣室。

川原为人确实有些笨拙。我在心里稍稍为自己的学妹惋惜了一下，就把思绪转向了刚刚得知的摩艾说明会日期上。

我能不能想办法去听一听这个情况说明会呢？在会场上，秋好将对此次事件表达自己的看法，并说明事情的真相。当然，我也可以事后再找人打听情况，但这几个月来的战斗会迎来什么样的结局，我还是想亲眼见证。

更进一步地说，其实我心中暗藏着一个邪恶的念头。

我想看一看，秋好失败后的那副表情。

不过，相比这个半真半假的想法，我更希望的是能看到秋好重回起点的样子。

而正是那个密码，让我燃起了希望。或许秋好能够马上回忆起当初的理想。

也正因为如此，我才想尽可能出现在那场情况说明会上。

就在我还思考着有没有什么办法混进会场的时候，川原换好店里的制服走了回来，我们又要开始工作了。

这几天里，像打工、吃饭、聊天这些事情，只要是和摩艾无关的，对我来说都恍恍惚惚，没有留下什么印象。

"枫,你下周日有空儿吗?"

在摩艾还只有两个人的时候。

"倒是没什么急事,怎么了?"

无聊的课后,我和秋好走在校园里,我看都没有看秋好就回问道。

那时的我们,彼此间没有任何顾虑与隔阂,但作为朋友,我们又是独立的二个人。

"有个研究生的学长在搞非营利组织,下次要举办一个关于校园霸凌的研讨会,我打算去见见他。有时间的话,要不要一起去?你好像开始打工了吧,周日去不去打工?"

我有些犹豫,但是也不想说谎,就诚实地回答了她。

"周日没安排打工,因为知道你可能会邀我去参加活动。"

秋好有些吃惊,然后立刻咧开嘴笑了出来。

"枫,你多少还是在意摩艾的嘛!"

我周日留出的时间,也不全是为了摩艾。当然我也不想给她泼冷水,所以就当是这么回事吧。

"好不容易盼到周日,有必要非去听校园霸凌吗?"

"那个研究生是半工半读,所以见他一面很难。而且,至少比周一听要好吧。"

"那倒是。"

我确实不想在讨厌的日子里听讨厌的话题。

"内容好像是关于如何救助被霸凌一方的,估计会有从事教育工作的人来听。"

"我们又不是搞教育的。"

"但是听了的话,我们平时看到霸凌事件,多多少少能出点力。"

面对她清澈的目光,我依旧没有什么抵抗力。

"那就去吧,反正我也没事干。你要是让人欺负了,我说不定还可以救助你。"

"真要是那样,我倒希望你能好好救助我呢。嗯!"

秋好想要装出酷酷的笑容。但我现在还记得她摆出的样子完全不是那么回事。

"那我就等你来救我啦。"

秋好就是这样不擅于做出和自己不搭调的表情。

有时我会想，大学的四年究竟意味着什么？

这四年间，我们既没有真实地感受生活，也没有担负任何责任，又甩不开年少的轻狂和厌世，日子自由得过了头。大学四年就是人生中这样的季节。

如果说旁若无人地享受自由是大学生的特权，那我可能从没真正成为过大学生。

我付出了自由，却一事无成、两手空空。我只是随波逐流，等待时间流逝。就算找工作，也是因为人人都在做，所以我也跟着他们一起做。

我真的做过什么有意义的事吗？

如果一定要说有的话，那就是这几个月以来我所做的事。

尽管心中非常纠结，但我仍努力前行。这就是对这几个月最好的描述。

正因如此，我才想证明这几个月的付出不是没有意义的。

在摩艾的干部们要对社团成员做出解释的那天,我该如何避开秋好和阿天,然后隐瞒身份潜入会场?这实在是个难题。至少也要听听情况说明会的内容。于是,我又想到了窃听。既然到会的人很多,肯定少不了要用麦克风。为此,我把起床的闹钟定在说明会开始前的四个小时,打算在会场里提早找个地方埋伏下来,顺便看一眼秋好和其他成员们的情况。

地点还是那个礼堂。自那次化装侦查之后,我再也没有去过那里。

从一个难以释怀的梦中醒来,为了尽快唤醒自己的头脑和四肢,我忍住想吐的感觉灌了一口名字奇怪而味道更奇怪的能量饮料,又往嘴里硬塞进两个从便利店提前买好的饭团。

卡路里和咖啡因的混合物给全身带来了燃烧感,让我更清晰地感受到自醒来的瞬间便开始的激动。只剩下想吐的感觉,对此我无能为力。

我今天不会做任何伪装了,因为那样只会更加醒目。尽管必须在学校里尽可能保持低调,但我还是穿上了符合自己风格的衣服,准备前往那个决战之地。这也是我要传达给已经面目全非的摩艾的信息。

就算继续待在家里,我也无法保持镇静了。我喝下最后一口能量饮料,决定现在就出发。

穿上运动鞋,我推开门走了出去。尽管还是早上,但阳光已经把混凝土和沥青烤得火辣辣的。我锁上房门,在心里也断了自己的退路。

我即将奔赴战场,可整个世界无人知晓。邻居自不必说,董介、橙子、川原,他们也不会知道。这是理所当然的,我一个人就够了。四年间,我几乎都是一个人走过来的。至少在我心中没有谁陪我走过,除了她。但那也都已经过去了,现在的我是真真正正的孤身一人。

只要能接受孤单这个事实,心里反而会感到分外轻松,身体也好像被一层薄薄的壳包裹着,更能忍受户外的灼热空气。

此时,我也意识到了一件事,那就是大一时的我并没有看到自己真实的孤独,只不过是虚伪地装出寂寞的样子而已。

与我相比,那时她所感受到的才是真正的孤独。

从和她相遇的那刻起,我就应该明白她已经做到了自己相信自己,所以不论现实如何她都坚强地生活着,不需要有人陪伴左右。而我竟傻傻地以为和她是同类。实际上,我们完全不同。而她也应该早就把我忘记了吧。

我消失在她世界里的两年半,对于她来说算是什么呢?受人蛊惑、忘记初心、四处欺骗的她,肯定不只是因为这些才走上的歧途。从根本上就错了的她究竟是怎么想的呢?我需要了解,却又不想了解。我已经累得甚至不想再失望了。

走下楼梯，与公寓的邻居擦肩而过，彼此象征性地打了个招呼。很明显，我们都从未真正在乎过对方。

而我的脑海中，此时浮现着她的身影。

她是我面目全非的朋友。交流会时她脸上的险恶表情，每天社交软件上更新的无聊动态，还有网上那张照片里的笑脸，这些都是曾经那个真正的她所没有的东西。对于这些，我感到既难过又无奈，但却无法抵消我心头的愤怒。

事实上，就在不久之前我还突然考虑过，若是我和秋好还有缘分，再加上一些好运气的话，或许我能直接和她聊一聊。于是我试着拨了她的电话。可结果告诉我，不要说好运气了，就连昔日的缘分也似乎早已被命运搅碎。秋好已经换了电话号码。

但即使电话被拨通了，我又能和她说些什么呢？指出她的错误吗？让她变回当初的自己吗？

就算真的拨通了，秋好肯定会装作什么都没发生，然后反问我说："枫，怎么了？"她一定会觉得自己的演技依然无懈可击。

可惜这早就骗不了我了。在我们最后一次的对话中，也许她还有那么一丝想要挽留我的意思。但我也很清楚，秋好其实根本就没有精力顾及我这个毫不积极的社团成员了。证据就是，她那时只是抓住了我的袖子来多少表现出一些不舍，但立刻就放开了打算逃跑的我。所谓不舍，也不过如此而已。

我知道,她也可能并非全然不难过,但又没有其他办法。秋好这家伙就是这么特别的一个人。而我,不过是不小心走进了她的视界。

所以,我根本没有任何奢望她能想起我的理由。我只希望她能做回那个特别的她,而不仅仅是一个为了就业、为了走后门去四处奔波的无聊大学生。我心里明白她根本就做不来那种人。

我边擦汗边走向车站。原本大脑就已经沸腾不止了,可不能再因为过热的气温而晕过去,所以我在车站前买了瓶茶饮料解暑。

尽管是周六的早上,还是有许多正装笔挺的上班族挤在站台上。电车一来,他们就像工厂里的货物出库一样,整齐划一地挤进了车厢内。

我现在不会再觉得他们这些成年人无聊或落伍。除了年龄,他们和我们这些学生根本没有区别。迟早有一天,我也会加入他们的行列。到那时候再嘲笑成年人的无聊和落伍也不晚,现在的我只想先把这些情绪封存起来。

十几分钟后,我在离大学最近的车站下了车,这并不是我平时下车的地方。周六还会来学校的,基本上只有参加社团活动的本科生和研究生,再或者就是闲得发慌的人了。但他们也不会这么早就来。我一个人静静地走在空无一人的站台上,感受着依旧炎热的天气。

早知如此，戴顶帽子再出门就好了。为了尽快找个阴凉的地方，我出了车站就急忙朝校门走去。在大学的第四个学年也即将进入下学期了，我已经没有课需要去上了。也不知道以后还能有多少机会再回到大学这个避风港。不过对此我倒并不在乎。

学校里几乎没人，只有一位很像学生的晨跑者，他应该是附近的居民吧。看到那位晨跑者，我心中居然莫名其妙地产生了为他感到辛苦的感觉。

在通往会场的途中，我找了一处有阴凉的长椅坐了下来。手机的时钟提示我，距离情况说明会开始还有三个小时左右。虽说会议需要提前做准备，但想必摩艾的干部们最多也只会提前一个小时到场。我开始反省，就算是为了以防万一，我来得也还是太早了。

喝了一口刚买的茶饮料，听着耳边传来的阵阵蝉鸣，我开始觉得自己有些可笑。明明是决战，但现在弄得却像是为了健康早起出门散步一样。

会议开始前的这段时间该做些什么呢？不如找个凉快的咖啡店待一会儿吧，谁让我最擅长的就是消磨时间呢。四年的大学生活，我就是在不停地消磨时间中走完的。

直到今天，我的大脑也没能适应长达一个半小时的漫长课堂。因为在学校里的朋友很少，即使空闲时在校园里乱逛也不会遇到什么熟人。要么一个人独处，要么和董介在一起，就这样毫无意义地消磨了大把时光。大学生活完全被浪费掉了。但谁的大学生活又是有意义的呢？况且，这世界上还有不少人正是因为在大学里遇到的事情而误入歧途，或是沾染罪恶，或是丢掉性命。与那些人相比，至少我没有变得比以前更糟，这就已经很不错了。

仔细想想，我这次要做的事就好像是把时钟的指针回拨一样。如果摩艾没有变质，就不会轮到我来费心了。所以本质上，我要做的事和打发时间没有什么区别。

当然，如果说我对流逝的时间没有抱过任何希望，那确实是谎话。在这一点上我和其他人一样。

进入大学，与她相遇。那时的我的确渐渐开始对未来抱有了希望。可能在某一刻，我甚至想象过有朝一日真的会成为理想中的自己。

那段时间绝不是毫无意义的。至少在那时，我们不是也想要去做一些事情吗？不是也想要成为某种人吗？不是还想要颠覆某些东西吗？尽管我们得不到周遭的理解，但至少那时的我们眼前还有光。

然而今天，我要只身背负起理想，去粉碎那个谎言。虽然绕了不少远路，但我还是那个追求理想的我。

这是第一次，我在心里稍稍认可了自己。

通过肯定自己的想法认可了自己。

我这三年多所经历的一切，现在都拥有了意义。

因为我的人生信条，还有上传到网络上的图片所传递出的讯息。

我担心有人会读懂图片上的讯息,但又预感到只有被人读懂,它才会有意义。矛盾的心情撕扯着我。

几年而已。

短短的几年又能有什么意义?就像现在的我们,和高中生没有两样,和社会人士也没有两样。

所以,我要把时钟拨回到那个时候。

再一次。

从头开始。

气温好像在配合我逐渐沸腾的心绪一般也在急速上升。最好还是换个地方,再这样下去恐怕自己还没埋伏下来,就要先撑不住了。现在距离说明会开始还有三个小时,所以就算休息一个小时,肯定也完全来得及。

这样想着,我便站起了身。

正要踏出小小的、小小的一步。

"那个……"

脚步没有被那个声音打断,我踏进了一瞬之后的未来。

在转过头的这一秒之中,许多事情开始在我脑海里涌动。

这种时候,谁会在学校?又有谁会向我这样的人搭话?

大一时的理想、大二时的失望、大三时的断念,还有大四之后的斗争。

一瞬之间,思绪穿梭在被压缩的时间中,过往的一切都被想起,但又那么缥缈虚幻。我已经分不清什么才是确凿的了。

　　在迷茫中，人们不得不去接受一些自己眼前的真实。

　　我不得不接受，转过头后眼前的现实。

　　秋好寿乃，她就站在那里。

已经不再需要什么回想了。

我要的真相出现在了眼前，她，就在那里。

秋好……那是秋好。

无可置疑，秋好寿乃就站在那里。

虽然她面带倦容，黑眼圈也那么明显，但那衣着是交流会时的样子，那妆容也是与阿天合影里的样子。可站在我眼前的，不是那个对周遭兴趣盎然的秋好，也不是那个满面笑容的秋好，而是正在用疑惑的目光直直地盯着我的、再真实不过的秋好。

已经两年半没有与她这样面对面过了。

你为什么会在这里？这种苍白的话我当然问不出口，因为其中的理由没有人比我更清楚。作为摩艾的负责人，她肯定要比谁来得都要早。即便如此，我也没料到她竟然会提前这么长时间就来到会场。也许我本该更谨慎一些的。

从秋好朝我伸出的手中，我大概明白了：她先是看到我，然后开始犹豫要不要与我打招呼，见我却要起身离去，所以才仓促地开口。

正当我因事出突然而陷入局促不安时,秋好那一度似乎是在躲避什么的目光,再一次回到了我脸上。

"那、那个……"

我明白,她在谨慎地选择语言。

"好久不见了,田端同学。"

田端……同学。

"……嗯。"

我的回答既是附和,也是某种被陌生感触碰后的失声流露。

对我的称呼不是"枫",而是"田端同学"。

虽然这都是我的名字。

"那个,不好意思,吓到你了。"

"不,没事。"

从旁人看来,这情景肯定像是多年不见的老友重逢,实际上也的确如此。

正当我犹豫该说些什么时,秋好却突然径自说起话来。

"我叫你,其实是因为……"

"……"

"我有些事想和你讲。"

目光在我和我身边的长凳间游移的秋好继续说了下去。

她想要和我讲的事,我不仅知道,而且是一清二楚。

"哦,对了,我之前给你打过电话,你是不是换号码了?

邮箱也换了。"

"……那些都是两年半之前的了。"

这是在无视两年半的时间所带来的距离,又要厚着脸皮联络我的节奏吗?秋好可能也听出了我话中的刺,但她依然看着长椅尴尬地笑着,答道:"也是啊。"

我很清楚眼下的她非常迷茫。

我想到产生这份迷茫的几种可能性。她在犹豫是否该跟我讲话,该怎么与我讲话,该讲些什么话。不,既然她有话想对我说,所以第三点应该是错的。那么她可能是在犹豫,在这个时间、这个地点开始对话,到底是不是一个好的决定。

我期待着秋好有话想对我说,但同时又感到了一丝恐惧。为了掩饰紧张,她做了一次小小的、不易被察觉的深呼吸,然后再次把视线的焦点紧紧地对准我。

"你过得怎么样?"

"……还行吧。"

"是吗……那个,我有话要说。"

又一次事前宣言,想必是下定了决心要在此说出她想说的话。但这一次,我没有做任何回应。因为我怕她以为那是我会认同她的表现。

对面的她,眼里已经没有了那时的清澈。过去的两年半,她的眼中已经布上了猜忌,她的世界也被玷污了。

"那个,你知道吗?"

那时的她，说话不会这样瞻前顾后。我歪了歪头装出不解的样子。

"那个，摩艾出事了。稍微出了点问题，接下来我要去给大家说明情况，还要一起商量一下如何解决。"

"……是吗……"

秋好那修剪得整齐的眉毛动了一下。

"……嗯，现在，摩艾出大事了。"

"嗯。"

我轻轻地点了点头，只是想要表示自己接受已经存在的事实。但秋好却把她本来就很大的眼睛又睁大了一些。

"你没什么想法吗？"

我明白她的意思。正是因为明白，所以才做出了毫无意义的回答。

"……我又不是很清楚。"

"摩艾现在，真的出大事了。"

"跟我有什么关系？"

"但是，摩艾是……你和我一起创立的啊。"

"现在已经不是了吧。"

秋好的口吻让我感到一丝烦躁，所以回答中难免夹杂了批判的意味。我有些后悔，意识到这样并不好。

听得到秋好用力地吸了一口气。

"摩艾没变啊。"

"……已经不一样了。"

秋好的眼神变了。

"虽然，我们做的事，可能有些不一样了。"

"对吧，不一样了吧。"

"但摩艾还是摩艾啊。"

这话听起来就像是一份要强加于人的声明。

"你觉得，哪里变了？"

秋好再次问道。

"……不知道。"

我想，她应该至少比我更清楚摩艾的变化。但秋好似乎完全误解了我的意思。

"你说不知道？"

我开始感受到了她的失望，还有愤怒。

"你自己都不知道，我……"

"所以我说了，我真的不清楚。"

"你明明不清楚……"

秋好的语气愈加强烈，脸上也露出了非常后悔的表情。她咬了一下嘴唇，皱起了眉头。

我明白她正在因为什么而感到不甘。也正是这样，我才觉得比她还要不甘。因为摩艾被她变成了一种莫名其妙的组织。

从秋好的表情中，我明白她已经知道了事情的真相。本以为她会打开情绪的闸门，让责难像洪水一样尽情地拍打我。但她不愧为大社团的领导者。呼出一口气的她好像在拼命地控制着，不把情绪表露在脸上。

"我有话想说。"

"嗯，你刚才说过了。"

"……好，那我就开门见山地说吧。"

听到她的铺垫，如果说我不害怕那绝对是谎话。

虽然我一直认为，在事情发生前就担惊受怕实在是傻得可爱的行为。但只要回顾一下自己的人生，就难免会发现，糟糕的预感中有一半都会成为现实。所以人会不停地感到恐惧就是这个道理。

今天也是如此。

"你来这里，绝不是什么巧合，对吧？"

"……"

"那事是你干的，对吧？"

我若无其事地歪了歪头，这是在心中已经排练过很多次的动作。

"那事……？"

无形的恐惧终于变成了现实。我的表情，还有秋好的表情都印证了这点。

"对，摩艾那事！"

此时的秋好应该不再迷茫了吧。

"摩艾与企业之间进行了个人信息的交易，你把这件事曝光到了网上。"

"你说，那是我干的？"

"还能有谁?"

秋好点了点头,显示出她的深信不疑。这已经不是揣测也不是臆想了。她的态度告诉我,她明白事情的真相了。

当然,她的确说中了。问题在于,她是如何知道的呢?还有,她对这件事又是如何想的呢?

我继续把排练好的表情挂在脸上,仿佛对刚才的一切都无法理解,但同时我又不得不问她:

"我真的不明白,你为什么觉得是我做的?"

"不知道。"

就像是从心底里不知道的样子,秋好摇了摇头,但看上去更像是要把粘在身上的尘埃甩掉。

"但我就是觉得是你做的。"

此时,我的心脏向身体的每个角落用力输送更多血液的声音响彻全身。

"什么意思?"

可能是高温的原因吧,我开始感到体内的血液变得非常浓稠。

"我看到那些图片了。"

"图片?"

"我看到图片上的话,立刻就想起来了。"

"……想起什么了?"

"你的人生信条。"

态度坚决的秋好,额头上渗出了汗。

"……"

我没有开口回答,怕心跳声会从嘴里漏出来。

我想咽一下口水,但却怎么都咽不下去。

露馅了。

还是被她发现了。

我的沉默也被秋好看作了默认。

"你为什么要做那种事?"

令我感到意外的是,秋好并不是责问的语气。

"告诉我。"

但这也不是恳求。那语气好像是要教育我,听着就让我马上联想到了小学的时候,因为做了错事被老师和父母训斥。我并不喜欢这种态度。

"假如说,就算是我,那又如何?"

秋好的语气,像是训斥,又像是教育,更像在对我说,她是可以原谅我的。自始至终,她都是这种居高临下的态度,但听到我的回答,那声音里立刻增加了一种成分叫作愤怒。

"那又如何?"

终于明白了,我早就应该明白的。那让人厌恶的语气中其实带着一种恨铁不成钢的味道。这是人们与比自己弱小的对象交流时常用的语气。

从前的秋好,是不会用这种语气的。

"我是想跟你好好谈谈,所以才打招呼的。"

"谈什么谈,不就是摩艾做了错事嘛!跟我有什么关系!跟企业交易个人信息?都这个年代了,还干那种谁都明白不对的事,那肯定是摩艾的问题。"

"你说得没错。"

秋好痛快地承认了,这让我很是惊讶。

"所以我要好好认错,认真负起责任。"

"……你这说法,说得好像负责任是什么了不起的事。"

我把头脑中出现的想法混合着情绪说了出来。

"我不是那个意思……"

秋好明显示弱了。那话触到了她的痛点,所以我打算在她再次发作之前,先把自己想说的都说出来。

"虽然我不知道是怎么回事。"

也没必要再浪费时间遮遮掩掩了。

"你不如好好考虑一下,曝光你们的人是什么样的心情。"

或许这句多余的铺垫,会被看成我已经承认是我做的。

"可能曾经在某个地方,存在一个追求理想的秘密社团。"

事实上,我真的不该对秋好讲这种话,因为风险实在太高了。

可是经过这两年半的时间,秋好看我的眼神,她那与过去完全不同的表情和语气,再加上对我的称呼,都好像利爪在撕扯我的后背。

我以为，这种时候感到撕裂般疼痛的本应该是胸口。

"那个讴歌理想、不影响他人，当然也没人重视的组织，开始变得让人恶心。它在大学里逐渐膨胀，它的成员们开始肆无忌惮地给他人带来困扰。这不止是让一两个人感到了不愉快。不少人把摩艾直接看成了一种问题。这些人中，有一个人站出来做出了现在这样的事，仅此而已。"

我感到，后背在被撕扯，留下了一道道深深的伤口。但我并没有停止，因为我实在是看不过她的那副表情。那表情里没有任何被伤害到了的痕迹，更没有任何忏悔。

我接着又说了起来，像是要把到今天为止的一切情绪都宣泄出来。

"就是因为摩艾，许多人的人际环境彻底变了，许多人的大学生活也彻底变了，甚至可能许多人的人生都彻底变了。这些都是他们想要的变化吗？摩艾的宗旨明明是成为理想中的自己，但现在却已经搅乱了别人的生活，还出现了牺牲品。"

我不加掩饰地指责她。秋好没有打断我。

她咬紧嘴唇看着我，就像是个普通人在忍耐着本不该承受的东西，又好像彻底忘记了自己是摩艾的领袖。

之后的一瞬，秋好的眼睛好像又恢复了清澈。

"摩艾是确确实实的加害者，而且从未补偿过自己犯下的过错，所以才会落到如此田地。这一切只是发生了该发生的而已，这就是我想说的。"

就在一瞬间。

滔滔不绝的我从秋好的表情中发现了一种可能性。

是我的一厢情愿吗？不，不是的。

她可能就要意识到自己的过错了。

若真是这样，我绝不会说为时已晚。

因为，我始终认为，堕落成凡人的秋好同样是摩艾的受害者。她只是一直被蒙在鼓里，是那个被多数人洗了脑再被夺走力量的勇者。

如今听到我的一番话，她可能就要意识到这一切了。

她现在也许正一边忍受着耻辱一边思考着自己的过失。

马上，风向就要变了，我想到。

"变得莫名其妙了，摩艾这个社团。"

我的话语，正朝着充满希望的终点前进。

秋好应该重新审视自己，毕竟未来还在前方。

"这次的事或许是个很好的转机。"

可能，仅仅是可能，秋好也察觉到了摩艾的异样。但她没能成功阻止组织的变化，因为她肩负着领袖的责任，没能敌过多数人的意见。可能以她一人之力，没能纠正过来。

若是如此，一切就都还来得及。

"还可以从头再来。"

秋好好像依旧忍耐着些什么，静静地听着我的话。一阵凉爽的风吹了过来，地上树影婆娑。

"只要从头再来就好了。"

我将这几个月来的愿望,传达给了秋好。

"重建真正的摩艾。"

我甚至为此刻这个如此能言善辩的自己感到骄傲。

为了更好地传达自己的意志,我把目光移向了秋好的眼睛,认真地注视着她。被物是人非的摩艾反复折磨的我们四目相对,才发现或许什么都没有改变。

"若是你需要我,我也会帮你……"

我的话语努力穿过空间来到秋好面前。而她则低下了头,视线也跟着放得更低了一些。

虽然不知道她在考虑什么,但我可以试着想象。

我只希望她能回想起一些过去的事情。

但事实上,我早该明白,所谓期待这种事,与糟糕的预感正相反,十之八九都会落空。

秋好的嘴唇动了起来,仿佛要开始粉碎我所有的期望。

"开什么玩笑……"

一时间,我没能听懂她的意思。秋好这次紧盯着我的眼睛。我看到,虽然有些湿润,但她的眼中好像聚集起了全身的力气。

更让我感到不可思议的是,她的眼神就像是在怒视多年的仇敌。

"开什么玩笑!开什么玩笑!"

她怒气冲天,像是要把刚才忍受的责难都发泄出来。

这次轮到我畏缩了。

"秋好……"

"啊,你说什么莫名其妙?什么是好的机会?什么从头再来?还有什么……真正的摩艾?"

当然,她的语气完全不是疑问。

"你明明就完全不了解摩艾。你知道这两年半里发生了什么吗!就算这样,你还要搞垮摩艾,还要转嫁责任,你知道自己在说什么吗?!别开玩笑了!"

一口气说完,她像是刚才忘记了呼吸一般,用力地耸起肩膀深吸了一口气。

反复咀嚼之后,我才意识到秋好话中的怪异。

我好不容易就要将摩艾带回正轨了,甚至还想要与她和解。但这突如其来的否定,还有叫我别开玩笑的谩骂到底是怎么回事?

我终于从骨髓里理解了她的意思,然后血液就开始直奔大脑。

"你说什么呢?我明白,我全明白,至少摩艾真的变了。"

"啊,你在这儿瞎说什么呢?什么变了?轮不到你来乱说!"

秋好已经没有了刚才的冷静。

"现在的摩艾就是莫名其妙啊!给大家找麻烦,还干了坏事!直白地说吧,现在的摩艾跟我们刚创立它时做的事情，完全不一样啦！"

秋好紧咬着牙，呼吸时空气穿过她的牙齿发出嘶嘶的声响。

"这次是我们摩艾做错了。也可能真的给其他人添了麻烦。但你说和那时不同了，这哪里不好了？"

"那是……"

在我把思考化作言语前，秋好就开始了猛烈的追击。

"哪里莫名其妙了？过去了这么长时间，要变的东西当然会变。谁说不变的东西就是好的，变了的东西就是坏的？"

她这种教训人的态度，煽起了我的怒火。

"曾经的秋好不会像你现在这样说教。你就是变了，而且变坏了。"

"这应该是留给你自己的说辞。"

秋好的表情发生了变化。我看得到，她心里的悲伤已经胜过了刚才的愤怒。

"你怎么会变成现在这副样子？"

"我倒要问你，你为什么抛弃理想变成了这副样子！"

"我没有抛弃理想！"

秋好前所未有地提高嗓音，大声喊了出来。

"我没有舍弃理想！我想让尽可能多的人获得幸福，想让所有人过上不会后悔的人生。等大家都得到了幸福再去把理想传播下去。我希望实现这些之后，战争、贫困还有歧视都会不复存在!"

"那为什么你还在这搞就职团体!"

"光有希望顶什么用!"

秋好再次大喊道,那声音中好像塞满了高远的理想。

但她所说的如果总结起来会是什么呢?

"要实现理想就需要手段、方法还有努力。我是考虑到这些,才会走到今天这一步。摩艾没有变质,而是在追求理想啊!你明白这些吗!"

"……要是连希望都无法相信了,那还叫什么理想?"

没想到秋好口中会说出这种话,我彻底对她失望了。

"那是……"

伴随着一声痛苦的呻吟,沉重的公文包从她手上滑落到了地上。

我继续向她发问。

"你这四年里靠耍这些小聪明都做出什么成绩了?帮着学生找工作,又怎么能改变世界?把一群白痴拉进社团里,最终还搞臭了摩艾的名声,你把这个叫作朝着正确的方向努力?"

我看到,面对我的质问,秋好完全变得像个小女生一样强忍着泪水。

她的水准怎么变得这么低了。

"你倒是告诉我啊,秋好。"

那些质问也像是在质疑着我这四年的意义。

我等到了她的答案。

不一会儿,她还是直直地盯着我的眼睛,全身开始颤抖。

"……我错了。"

我本希望她能为我道出真相,可她颤抖着说出来的话甚至连完整的句子都算不上。

但听到她这么说,我又有些放心了。尽管答非所问,但至少她意识到了自己的错误,我甚至开始感到高兴。

因为这是她的忏悔。

我更希望她能清清楚楚、一字一句地说出来。

"你说你错了,那错在哪了?"

这次,秋好终于开口了。

"这两年半以来,我想过不止一次,要是摩艾还有你在该多好。看来我的想法是彻底错了!"

我做梦都没想到,等来的居然是她的反击。

陷入困惑的我,头脑中只有一个问号——她在说什么?虽然心里五味杂陈,但现在绝不是感慨的时候。

"不就是你,亲手把我和曾经的摩艾抛弃的吗!"

"抛弃?你胡说什么呢?"

"就是你改变了摩艾的价值观,把我排挤出去的。"

"你不是自愿离开的吗?"

"你不是也没有挽留我吗!"

"我们不是早就说好,要是你不喜欢摩艾的变化,我们就不这样做。所以那时候我问了你好几次,问你这样做好不好。可你那时却什么都没说!事到如今,你还做出这样的报复行为,你这个人都有问题!"

人格突然遭到了否定,我一时间哑口无言。

"你这种人,没资格来否定我四年来的努力!"

秋好的声音已经接近尖叫,她不顾一切地摇着头。和那时完全不同的发型上摇动着的每一根头发,都让我开始觉得厌恶。但我没有必要说出来。

她否定了我的人格,而我再来否定她的外表,那岂不是堕落到和她一样的水准。

"我就是搞不懂你为什么要做那种事!你要是早就看不惯了,可以和大家讲啊。你要是不敢跟别人说,至少也能跟我商量吧?你为什么要……真是莫名其妙!"

"你是不懂,你也没打算要懂!你一直就没有考虑过我!你当然不会明白。"

"我怎么没考虑?我考虑过那么多次!这次也是,两年半之前也是,我都想听听你的想法!"

"但你到底还是把出现的问题都算到了我的头上。"

可能是被我正中了要害吧,秋好的表情开始扭曲,我能听到她的牙齿发出咯咯的声音。

"当时我就算想跟你商量,你身边也一直有别人在。比如寻木、胁坂,还有你的那群小跟班。所以我根本找不到跟你商量的机会。"

回忆起当时的情景,我根本无法相信秋好的话。

"你刚刚说，要是有我在该多好？别编了！当时即便你身边没有我，不是还有一群其他的人可以依靠吗？别装出一副始终专心于摩艾的样子，你那时不是整天跟男朋友一起秀恩爱吗？像犯花痴一样神魂颠倒！"

就在我向她掷出自己的讽刺时。

"……啊？"

秋好只发出了惊讶的一声。而她的反应也与此之前完全不同，异常僵硬的表情看起来就像是整个人陷入了窒息一样。

"……啊，等等。"

她用刚刚丢下包的手用力抓住了一束头发。看得出她的动作中已经没有了愤怒，而是完全陷入了混乱。

我暗自感到疑惑，不知道是哪一句话让她产生了这种反应。我刚才的口气充满了怀疑和挑衅，这都是为了激怒她，但我绝没有想到她会陷入混乱。

睁大眼睛盯着我的秋好到底在想什么？我真是搞不明白。但我还是非常在意她下面会做什么，也许那又是什么超出我想象的行动。

秋好在片刻的迟疑后，终于如我期望的又开口了。

"呃……不是吧。"

她的脸好像在微微地痉挛。

"你那时候，是喜欢我吗？"

我不懂她的意思。

"……啊？"

这次轮到我发出惊讶的声音了。

她到底在说什么？我的脑袋里满是问号。

"所以你做出这种事？就因为你记恨？"

秋好在说什么？我那时喜欢她？

"哎？"

说什么我喜欢她。

不可否认，当时的我把秋好看作朋友，对她发自内心地信赖和认同。坦白来讲，我那时可能的确喜欢她。

但很明显，秋好所说的并不是作为普通朋友的喜欢。她在问的是那种男女间的事情。

"怎么可能！"

话说到一半，我却发现秋好正盯着我的眼睛。

到目前为止，她脸上还没有出现过这样的表情。

又是那种怎么都装不像的表情。

"……真恶心。"

我眼前的秋好好像一瞬间被涂成了黑色。

用轻蔑的眼神注视着我的秋好就在面前。

我的脑袋里好像出现了一个空洞，而她的话在里面不停地回响。

不论我再仔细地听多少次，那传入耳际的语言都是相同的意思。

喜欢？恶心？

我真的不明白她在说什么。

凭什么,秋好,你到底凭什么可以这样说?又凭什么擅自给我的情感下定论?

难道说,是我一直都没有察觉到吗?难道说,真的是我曾经喜欢过她吗?就如她所说,我一直记恨在心,所以搞垮摩艾,就是为了让她付出代价?

这不可能。

"我怎么可能,因为那种事就做出这种事!"

熊熊的怒火燃上心头。不一样的是,这一次我的愤怒让我全身颤抖。秋好弃我于不顾、秋好变得面目全非、秋好对我的谩骂……这些在我愤怒的理由前都显得微不足道了。

她完全误解我了,而且还是凭这样独断的臆想。

我被秋好误解了。

仅此而已。旁人可能永远无法理解我愤怒的理由。

但仅凭这个理由,就已经足够了。

就是这个理由让我体内涌出了超越我的忍耐极限的毒液。

大量的毒液,在我还没有反应过来时,就从嘴中漏了出去。

"你把我当什么了!"

我的声音大得把自己都吓了一跳。秋好也被吓得肩膀颤抖,一副受惊的样子。但她马上又用力地瞪着我。

"该我来说这句话才对！就因为这种事，因为这种无聊理由，你就要破坏我们的活动，真令人不敢相信！"

我现在可以断定，从她的脸上已经再也看不到往日秋好的影子了。

我明白了，终于弄明白了。

就像她说的一样。

一切都搞错了。

我把一切都搞错了。

拯救误入歧途的摩艾，再把秋好拉回正道，这些想法都是错的。一切早就已经无药可救了。到底何时才来得及呢？

其实根本不存在那样的时刻。

从我和她相遇的那天开始，一切就都已经来不及了。

"是我搞错了。"

"……是啊。"

"你这种荒唐的人，我那时就不该接受你。"

若是那样的话，我这四年时光也不会如此惨淡。

听到这儿，秋好露出不知所措的表情。

事到如今，还有什么可吃惊的呢？

"你就是一团自我表演欲望的集合体，那时候你就是想立刻找个人给你舔舔伤口，这个人是谁都行，正好我出现了。就因为，我偶然坐在了你旁边。"

"不是……"

秋好想要说些什么，但又屏住气，将话咽了回去。她的脸色也越来越差。不用想，那是因为我的毒舌刺痛了她。

谁允许她露出这样的表情了，这样想着我又开始倾泻毒液。

"说什么为了理想，什么为了所有人。你一直都是只为了你一个人，还把我也拉进去当炮灰。"

我知道自己一直都想把这句话说给她听。

不止是秋好。

任谁都会谈论理想。任谁都会为了彰显自己的善良而说什么"为了他人"。但只要剥下那薄薄的一层粉饰，底下还不都是自己的欲望和算计。

秋好、董介、阿天、橙子、川原，大家都是这样。

大家都是为了自我满足。没有人在乎眼前的现实是什么，也没人在乎眼前的人是谁。只要是为了满足自我表现欲、金钱欲，甚至性欲，就会毫不犹豫地利用他人。难道不是这样吗？

为了寻求所谓的理想而利用摩艾。

因为寂寞就把学长当作恋人的替代品。

或者把交到的朋友当作找工作的道具。

再或者，用身边的学妹来泄欲。

当然。

"你只不过是把我当成用完就扔的道具。那时不管是谁都行，你只是想找个人能关注你，然后正好遇到了我。"

不,但若是秋好,也许未必是……

"……可能是吧。"

秋好似乎把我喷射出的毒液全部咽下了。她点了点头,露出极度痛苦的表情。

那表情伴随着痛苦被烙在了我的脑子里。

我突然什么都听不到了。

秋好颤抖的嘴唇在一张一合地说着什么,但是我听不到了。

我以为自己的耳朵被割掉了,然后是胸腔、腹腔都被撕开了。风就从空洞中穿过去,让我感到异常寒冷。

一种危机感朝我袭来。

那是一种能被清楚感受到的、强烈且压迫式的危机感。

我得在腿也被砍断之前,赶紧从这里逃走。

但我又觉得最后还有些话要留下。

"摩艾没有你在就好了。大家肯定都是这么想的。"

虽然听不到自己的声音,但我确信自己的嘴还在动。

说完,我感觉自己的头也被劈成了两半。我完全不清楚自己是不是说出了想要表达的意思。

我最后用还能活动的眼睛看了秋好一眼,就转过了身。

似乎从很久以前,我就想再见她一次,但现在什么都无所谓了。

这就是我和秋好的诀别了。

* * *

第二天,我被切掉的耳朵长了回来,但胸口和腹部上的空洞中依然不停地吹过沉重的风。那感觉就像无论我吃什么,它们都会从洞里掉出去。所以过去的一天多,我连水也没喝过。

实际上,我连从床上爬起来都根本不想,但还没有反社会到随意旷工的地步,所以我还是拖着残破的躯壳赶向了药店。

前一夜,尽管我根本没能入睡,但昨天的一幕幕仿佛就像做梦一样。可是我根本就没睡着过,也就是说那确实不是梦。

我昨天原本的目的是去偷听说明会,但没能如愿。所以接下来,我需要从川原口中打听一下。然而,要做的事情不一定等于想做的事情。现在的我似乎已经对会议的内容没有了兴趣。

昨天一整夜,我的那些愤怒和焦躁都从身体的空洞中流了出去,似乎就连它们也都想赶快离我而去。

拥抱空虚,空虚便会膨胀。

我对摩艾做过的事,摩艾自身的问题,我与秋好的争吵,还有我违反的人生信条,这些事情现在都显得苍白而无意义。

到头来,我的存在对于秋好只不过是一时之需。所以摩艾以及与之相关的一切,都只不过是虚无缥缈的东西。

我的感受如何，根本就不重要。

一旦发觉自己曾经的时光和回忆一下子失去了所有意义，就会觉得似乎自己的存在也是多余的。不，我一直都是如此，一直都是多余的。只是我自作多情地误会了，还以为自己是必不可少的，这真是自寻烦恼。现在，一切不过是回到了原本的样子。我终于清楚地明白了，自己原来是如此多余。

既然我是多余的，那什么也都无所谓了。

我不缺钱花，也没有要在打工的地方就职的意思，更没有什么想要见的人。这一切只是出于习惯，到了时间我就会走出家门，然后骑上车朝药店赶去。

白天的太阳正威力十足地灼烧着室外的空气。不可思议的是，我竟完全没有感到炎热。不知不觉间，我已经到了药店后面的停车场。我还记得路上有几次踩空了踏板，但却记不得路上擦身而过的行人，也记不得总共遇到过几次红灯。

我把自行车停在了老地方，然后就从后门进到了员工休息室里。

川原就在屋里，我一进门就和她四目相对。如果是在平时，我现在肯定会好奇川原的心情如何，毕竟摩艾的情况说明会刚刚结束。但现在，这些都已经无所谓了，所以我毫不闪躲地看向了她，然后点头打了招呼。

"你好。"

"……你好。"

川原冷淡的态度和平时稍有不同，显得有些不自然，但我也没有在意。反正只剩下几个月的时间了，只要我不再打工，她也会把我忘掉。对于她，我不过是在打工时认识的学长，最多是能随便聊上几句的关系。而只要辞了这份兼职，我就会像从来没存在过一样了。以我和川原的关系，即便她和平时有什么不一样也完全可以无视。

我有些担心自己的身体能不能撑得住。虽然完全没有困意，但却总感觉自己在不停地下坠。可只要习惯了，即便感到身体在继续下坠，我也站得稳。

手里的工作并不困难，像往常那样，空闲时间很快就到来了。地面好像有极强的引力一般，让我不断下坠。但内脏却又在不停地上浮。我同时感受着这一沉一浮，时而摆一摆货架，时而擦擦地。

只要这平淡的工作告一段落，我就可以回家去歇一歇了。但这样想难免有些可笑。空荡荡的自己回到空荡荡的房间，这怎么看都是个笑话。

"那个……"

我正蹲在地上给货架补充上能量饮料，这时，听到身后有人在叫我。吓了一跳的我把手上的商品都散落到了地上。我赶紧捡起了掉落的饮料放回纸箱，然后一边努力抑制住跳得飞快的心脏，一边转过了头。本以为一定是哪个找不到商品的顾客，没想到说话的竟然是川原。

我不由得愣了一下，然后慢慢站了起来。随着我的视线逐渐升高，我看到川原一直在盯着我的眼睛。

"……怎么了？你不是在收银吗？"

"现在店里没有客人，就不用管了。"

她这是怎么了？

川原轻轻皱着眉头，是不是在生什么气？

"那是发生什么了吗？"

"没有，我就是有点担心你。"

"担心我？"

"从你刚才来的时候，就感觉你眼神很空洞。"

原来是这么回事，她担心别人的时候原来是这种表情。我心想，川原还是挺会观察人的嘛。

"我没事。从小到大眼神一直都这样。"

听着像个玩笑，但事实的确如此。但川原并没有笑。

"你看，空洞的字面意思不就是什么都没有吗？我一直都是这样，从来也没变过。"

她会嘲笑我，还是会担心我？也可能会生我的气，然后对我说不该讲这种无聊的笑话。反正她怎么说我都是无所谓的。但川原的反应却超出了我的预想。

"……对不起，我不知道该说什么。"

看来，我只是让她感到为难了。

"啊，不是。不好意思，让你为难了。"

"我从昨天开始就一直在想。"

"……从昨天开始？"

对于我的疑问，川原好像突然恍然大悟，用一只手扶着半边脸。

"抱歉，这事跟田端学长没什么关系。对不起，我刚才愣了一下。只是有个人跟你说了同样的话。当时我听到后，也不知道该说些什么。"

川原怎么总是摊上这样的怪人，我完全没多想。

"你也不用说什么。我想不论是那个人还是我，可能真的是一无所有。"

"我不这么想。"

川原立刻否定了我，可能她也没想好该怎么解释，所以赶忙低下头对我道歉。

"对不起。但是，真的……"

虽然现在才感觉到，但就凭着她刚刚补充的那句道歉，我就知道川原为人真的很善良。她跟我这种人完全不同，的确是个好人。尽管她也会说别人的坏话，会抱怨他人，但她也会由衷地担心别人。

身为一个空洞的人，我真诚地希望川原以后不会再遇到我的同类，这就是我空洞的想法。

我其实并不是完全听懂了她说的话。但当我正要出于礼貌对她道谢时，有客人进到了店里。我们两个人异口同声地说了句"欢迎光临"，音量控制得刚刚好。这种迎客的方式并非是为客人着想，而是老板的规定。

川原需要回到收银台了。我用力上扬嘴角做出一个微笑，然后和她说"待会儿再聊"，希望以此来结束对话。她也点了点头，转过了身去。

当我正要蹲下去接着摆货的时候，却又听到了她的声音。"那个……"我转过头，川原正用客人听不到的音量凑近了我说，"这话可能有点多余，实际上，另一个说自己空洞的人，就是摩艾的阿宏学姐。"川原说完这些就毫不拖泥带水地朝着收银台走去了。

我实在是搞不懂，她为什么要对我说这些。她应该不知道我和秋好的关系才对，难道她是来特意讽刺我的？不对，她不可能做那种事。

我不需要知道，千真万确地不需要，但我却完全不能把川原的话抛到脑后。我感觉身体好像被掏空了，虽然脖子还连着脑袋，但她的话仿佛就勒在了喉咙附近，妨碍着我的呼吸。

我又蹲了下来，不是为了摆货，而是因为已经站不住了。我开始觉得整个世界都在摇晃。跪倒在地上的我难以呼吸，双手也止不住颤抖，开着大洞的胸口和腹部更是感到异常寒冷。

"你那时候，是喜欢我吗？"

为什么会想起这句话？

现在我终于明白了，明白昨天为什么会感到好似千刀万剐，为什么会感到被人掐住喉咙。

我受伤了。

过了不知多久,眼前的世界终于稳定下来了,但我的意识却变得模糊。趁着被人发觉之前,我赶紧把错乱的自己藏了起来。

"那个,川原同学。"

打工结束后,川原像以往一样,正要先一步走出员工休息室。我第一次主动叫住了她。

可能是有些不知所措,她转过身时睁大了眼睛。既然鼓起勇气把她叫住,那我就不得不告诉她这样做的理由。

"不好意思,能请你稍微等我一下吗?"

仔细想想,我的请求其实很奇怪。川原每次都会在停车场等到与我道别后才离去。

但川原还是点了好几下头,有礼貌地对我说:"好的,当然没问题,好的。那我先去外面等你。"说完她便开门走了出去。

我脱下围裙和工装衬衫,换上自己的T恤,便也走出了后门。川原正等着我,但和往常不同的是,她这次没有启动摩托的引擎。

"不好意思,让你久等了。真抱歉,突然叫住你。"

"没事,反正我也没有急事。"

"我有点事情想问你。"

其实我并不知道自己该如何开口。如果突然问川原那些问题的话，恐怕会有些唐突，毕竟她不了解我的过去。正当我还在犹豫时，摆弄着手中的摩托头盔的川原突然说道：

"难道说，你要问阿宏学姐的事？"

"啊……"

"毕竟刚才话只说到一半有点奇怪，我就猜测你会不会要问的就是这个。我搞错了的话，你别介意。"

但川原并没有搞错，我强自镇定了一下，点了点头，又对她说道：

"我要问的就是这个。只是好奇，为什么你要告诉我另一个说自己空洞的人是摩艾的会长。"

我多少有些退却，怕她万一知道了我和秋好之间的关系。

"嗯……"

她转动着手里的头盔，又抬头望向夜空。我也随着她抬起了头，也许是药店的照明过于强烈吧，我一颗星星也看不见。

"这话该怎么说呢？可能我的说法会有些冒犯，请你别太在意。"

"没事，你说吧。"

我一边恐惧着已有的伤口再度被粗鲁地撕开，一边还是点了头。

"那个什么来着……"

川原的语气带着一丝亲切,这让我稍微松了一口气。

"田端学长和阿宏学姐,嗯,你要是不认识她,就当她是一个大团体的领导就行了。你们两个是完全不同世界的人,可能平时做的事,还有生活也都截然不同。"

是这样吧。

"但也有相同之处。你们两个都会莫名失落,都会否定空洞的自己。所以,该怎么说呢,我觉得你们两个很像,都对自己太过自信了。"

"太过自信?"

听到这个令人意外的词,我像个傻子一样又重复了一遍。

"是啊,你们都对自己认为正确的事情太深信不疑了。"

"我觉得,应该不是这样。至少我……"

我甚至从没敢想过自己是个能与秋好这种优秀者相提并论的人。川原对我的误会太大了。

"当然,我的意思并不是说你们有多么出色,而是想说,人坚持正确的事,努力做自己认为正确的事情,这是理所当然的。当然人嘛,谁都没那么了不起。"

没那么了不起……没错,我的行为毫无意义,感情也不值一提,生活更是无聊透顶。

"你和阿宏学姐虽然立场不同,但是你们觉不觉得,人会犯错不也是理所当然的吗?我也是刚才忽然想到这些,结果莫名其妙地就跟你提了她的名字。我接下来想说的话，要是昨天也能对她说出来就好了。大家其实都很空洞。我也是一样空洞。"

"不……我觉得应该……不是这样的。"

我不自觉地否定了她的说法。从昨天开始，我就在不自觉地违反着自己的人生信条。但这就是我的真实想法。川原把自己与我算作一类人，这真是太对不起她了。

意见刚刚被否定了的川原，却不知为何开心地笑了起来。

"没关系的。自己的短处，由别人补上就好。"

"是这样的吗……"

"是的。即便我喝醉了，发了火，然后又一溜烟地逃跑了，还是有学长学姐愿意跟我交朋友啊。"

虽然我既理解不了她的意思，也无法认同她的想法，但我明白，她是想让我打起精神来。所以我还是努力地做出了笑脸，对她说：

"谢谢你，还要让你鼓励我。"

"没事的。我也要谢谢你上次鼓励我呢。其实我现在多少有些失落。"

"发生什么了？"

我又一次违反了自己的信条，想要随便踏入她的内心。虽然我心里想着"这下坏了"，但川原反而露出了难解的笑容，问我道：

"你愿意听我说说吗？"

我点了点头，她则故作镇静地转了转手里的头盔。

"摩艾要没了。"

这句话一瞬间贯穿了我的身体，然后又反弹回大脑。

"哎？"

"应该说现在还没发生，但摩艾就快解散了。阿宏学姐在昨天的说明会上宣布的。嗯……我本来在摩艾里玩得还挺开心的。对我算是个不小的打击。"

"那是学校给的处分吗？"

"好像不是。学校没有要求解散摩艾，解散是阿宏学姐决定的。"

"……是吗。"

这就是她所说的，负起责任吗？

不知为何，我又开始呼吸困难了。

"这次的事情，已经严重到要解散社团了吗？"

"是啊，是有些突然。昨天阿宏学姐在台上拿着麦克风讲的。好像那之前，她没跟任何人提过要解散的事。突然宣布之后，阿天学长和老师们都急得满头大汗。貌似这和之前商量好的不一样。"

"那是……"

秋好到底是什么意思？

"我猜她身为社团领袖，肯定跟我们背负的责任不一样，肩上的担子肯定非常沉重，当然这也只是我的想象。但是昨天她真的是一脸后悔，我现在才明白，她干得有多辛酸。"

"也就是说，摩艾的会长决定要解散摩艾了？"

即便知道了这个结果，我也什么都做不了。事到如今，我竟然开始担心了。

"至少阿宏学姐要离开摩艾了，本来确定要成为下一任会长的那个三年级学生，似乎要等摩艾解散了就成立新的组织，但大家现在还是很担心，一切都不好说。"

"……毕竟会长突然撒手不干了啊。"

随着我的附和，川原又一次仰望夜空，说道：

"那是当然，要是没了阿宏学姐，不知道还能不能继续下去。"

川原发出苦笑，她的只言片语中带着某种不安。

"摩艾的运营主要都是靠着以往的毕业生支持。阿宏学姐就是社团和毕业生间的主要桥梁。更重要的是没人能代替她的存在。"

川原念着阿宏的名字，那口气就像是在说对自己很重要的人。

"她能记住摩艾所有人的样子跟名字。说明会结束了，她就站在门口，和每个人都打了招呼。当然并不是所有人都认可她这么做。我也跟她道了别。她还记得我之前和她说过的目标，还说会支持我。这么大的社团出了这么大的事，她却没有忽视任何一个人。"

川原好似缅怀故人一样，抬头望着天空。

看着川原的样子,我想秋好作为摩艾的会长能得到如此高的评价也该心满意足了吧。尽管摩艾即将被解散,但某种意义上这也许就是她期望看到的。

如此一来,秋好就会在社团成员的爱戴之中,成为背负着重责而辞掉会长之位的摩艾史上唯一的领袖,并永远地被刻在每个成员的心中。

但无论怎样,这都已经不在我的考虑范围之内了。

已经变得如此空洞,感受到了如此深刻痛楚的我已经不想与他们再有任何瓜葛了。

"摩艾就是靠着那样的人发展起来的。"

川原说,秋好从没忽视过任何一个人。

但若所有人都是特别的,那不就意味着没有人是特别的吗?

从很久以前开始,她就已经不再需要我这个一次性的道具了。作为我的替代品,她得到了更多一次性的道具,从他们那里会得到更多的认可。不过如此而已。

但我确实没那个耐心,将这些都告诉川原。

"不好意思,说了一堆与你无关的事。"

"不不,我才应该道歉,让你说了这么多不愿意说的话。"

每当有人向我表达歉意,我都会不由自主地也向对方道歉。

在这种奇怪的气氛下,我们没有再能做出笑脸,只是默默地关注着对方的一举一动，然后就各自离开了。

从骑上车一直到家门前的这段时间，我尽力保持大脑空白，什么都不去想。

打开房门，终于又回到了这个小盒子中，我稍微安心了一点。是因为在这里，我可以理所当然地一个人待着吗？还是因为我空洞的人生在这里不会暴露给任何人，除了自己？

打开灯，将包放下，我来到卫生间洗手、漱口，然后坐到电脑前的椅子上。这一系列的动作没有任何特别的意义。这仅仅是日复一日的习惯，如果哪天打乱了这个步骤，反而会带来什么特别的意义吧。

桌上摆着一罐之前本打算喝却忘记了的咖啡。拉开咖啡罐的拉环，将饮料送到嘴里。低糖的咖啡释放着低糖应该有的味道。此时，我才意识到这是时隔许久不曾补充过的水分。

实际上咖啡并没有从我身体的空洞中溢出。喝光咖啡，我又打开了冰箱，把里面放着的喝了一半的乌龙茶一饮而尽。

又拿出一大瓶可乐的我回到了椅子上，打开了电脑的电源。并没有什么特别要做的事情，只是这也是我日复一日的习惯。

我漫无目的地看了看邮件。邮箱里都是些就业网站发来的所谓自我发展性质的东西，并没有什么特别的。已经有一段时间没有打开过找工作用的邮箱和粉碎摩艾用的邮箱了,我这辈子也不想再打开它们了。这些邮箱将永远地沉睡在网络的海洋里,直到时间的尽头。

要是能像那样,在某个地方,啪的一声,连时间都消失得无影无踪,那人生岂不是轻松太多了。真能那样的话实在是太让人羡慕了。

假如自己的人生是一个故事或是一场电影,现在将要在此迎来落幕,那么我的空洞和痛楚也就不值得一提了。不仅如此,或许这一刻我甚至可以从中牵强地总结出一些人生哲理,或许自己这个人还可以得到某种美化。

但事实上,我的人生接下来还要继续下去。根本干不出自杀这种毫无顾忌的事的我,还要将人生慢慢地继续下去,而空洞和痛楚也将永远如影相随。

可我清楚哪里还有什么人生可以被美化,只有空虚、寒冷和痛楚会不停地向我袭来。

如果可以知晓自己的人生要在哪里结束,该如何美化自己的一生,那该有多好啊!

人际关系也是如此。

两年半以前,我本应该在自己心中彻底否定与秋好在一起的时光,然后美化她的存在,只将那时的她留在自己的心中。若是如此该有多好。

我就不会如此受伤。

我再次与她相见,不过是空添了一身伤口。

带着这一身伤口，我将从大学毕业，然后就职，再不断地老去，说不定某一天也会结婚。对于今后任何时点上的我来说，这些伤口本都是不必要的。

秋好的时间也会不停地继续下去。她会开始工作，成为社会的一分子，或许会获得幸福。到那时，她肯定会忘记摩艾，也忘掉我。

每隔几年，我就会再次想起这件事。那时，我的伤口一定会被撕裂得更大。

这就是人生吗？太遥远了。

我每过一段时间就会如同节拍器一般嘎吱嘎吱地点击鼠标，打开几个新窗口，然后把它们关上，再打开新的窗口。这些窗口中也有连接着社交网站的。

仔细一看，我还登录着一个用来监视摩艾的动向、给事件煽风点火的账号。

我想要结束这个账号，不然事到如今它未免太可怜了。

虽然想着就要马上注销它了，但我刚要动起来的手指突然又犹豫了起来。

我看到有人给我发了一条消息。

会是谁在这个时候发来消息呢？

打开一看，消息来自于一个陌生的账号，文中只写着"求转发"，还附带着网页链接。

此时早已丧失了警惕的我，不假思索地点进了链接。网页上只有一个音频文件。我又一次不假思索地播放起了这个文件。

先是听到了一些东西碰撞的声音，之后的几秒是沉寂。

当我猜测这仅仅是某个恶作剧而正要把文件关上时，音箱里突然传来了声音。

"大家好，我是摩艾的会长，秋好寿乃。"

我的身体下意识地向后躲去，电脑椅撞到身后的茶几发出巨大响声。

"这次……"

我慌忙抓住鼠标，按下暂停键。

什么？

这是什么？

秋好的声音。我原本以为再也听不到这个声音了，却没想到，这么快就与它再会了。

作为社团领袖的会长的讲话。

求转发？

我该不该继续听下去呢？这是我应该听到的东西吗？

一阵踌躇之后，我打算至少要听听内容到底是什么，便再次点下了播放键。

"今天谢谢大家在百忙之中参加我们的说明会。我想现在已经有人得知，前几天有一部分杂志的报导指出摩艾和一部分企业之间进行着个人信息的交易。对此，我想在此向大家说明事情的真相，并告知摩艾今后的动向。"

这是昨天的说明会上秋好讲话的录音。

我瞬间就搞清楚了眼前发生的事。这表明，昨天参会的成员中，有人对摩艾持有相当否定的态度。他录了音，发给我这种想要搞垮摩艾的账号，想要再次将事件升级。

作为一个的确想要粉碎摩艾的人，我开始感到疑惑。

如今仅仅将说明会的内容和摩艾今后的动向公之于众，究竟还能有多大作用？

而且，会长的发言内容肯定是经过精心取舍的。难道说网上还有更多可以用来攻击摩艾的信息？

难不成取舍后的发言内容也可以用来批判摩艾？

正当我这样想着，秋好的声音继续响起。

"首先，本次发生的事情，责任全在我，是我疏忽管理造成了这样的结果。为此给社团里的每个人都带来了麻烦，我深表歉意……真的，很对不起大家。"

她的话大部分都是准备好的台词，除了最后一句是真心话。她的话过于简单了，这让我不由得想要挑刺儿，可是挑刺儿也没有任何意义了。毕竟，摩艾马上就要不存在了。

我接着听后面的内容，秋好讲的确实都是事实，但也没有给出更多的事件详情，毕竟还在进行事实认定中。她说的都是网上已经曝光的情况，以及杂志上刊登的情节，基本上是平铺直叙。而且整个说明讲话中，完全没有提到需要秋好谢罪，或是摩艾将受到来自学校的处分，以及会被依法惩处的内容。

听到这儿，我才想起自己平时都是用耳机的，于是把手伸进口袋,掏出了耳机插进电脑。

但我马上就后悔了,因为秋好的声音由耳机直接传进了我的耳朵,仿佛我正置身说明会现场。腹部突然穿过了一阵寒气,想吐的感觉涌向大脑。

可我已经无法回头了。

接下来,秋好讲起了摩艾今后的打算。

"由于以上这些原因,从现在开始限制摩艾所进行的活动。关于解禁期限还没有定下来,更多具体事宜还需要今后和校方商量。各位成员可以继续进行自主的集会,但禁止再以摩艾为名义进行活动。三年级生即将开展的访问毕业生活动将暂停,由四年级生以个人名义进行介绍,还请大家多多谅解。"

秋好的讲话毫不拖泥带水,也许只是在念提前准备好的稿子吧。而她的内心想法更是不得而知。

"关于下一任会长……"

秋好突然停了下来。透过麦克风,可以听到她用力地呼出了一口气。

"嗯……真的非常对不起。关于这次事件,我一直在思考,究竟该如何告诉大家,该如何担当起责任。但无论我说什么,肯定都会让大家失望,因为我犯下的错误是无法挽回的。真的,太对不起了。"

秋好的声调和语气明显与刚才不同。

可以听得出,她心中正涌动着什么。

我刚刚还无法揣测她在想些什么，而现在则完全不同了。秋好正低下头向台下人们道歉的画面，鲜明而强烈地浮现在了我的眼前。这是错觉吗？好像她就在我面前。

不，也许这并非错觉，也许我现在就身处那天的礼堂之中。

耳机已经无法从耳朵上扯下来。

"我一直在考虑，摩艾接下来该怎么办。"

秋好的声音在颤抖，像是要告诉我她胸中的波涛是多么汹涌。

"这个名为摩艾的团体……"

秋好终于要宣布解散摩艾了吗？我等待着川原告诉我的那一幕的来临，好与往昔回忆做个了断。

至今已经发生了不少事情，但所有的这一切从一开始就是没有意义的。

我想到，现在这一切终于要结束了。

我甚至想过，希望它能快些结束。

"最开始的摩艾里，只有两个人。"

然而，秋好却并没有给她的讲话画上句号。

我空洞的胸口，久违地再一次开始工作，我听到自己的心脏向全身输送着血液。

"一开始只是我们的口头约定，只是好朋友间找个在一起玩的借口，我们那时就是这样一个团体。"

我的身体稍稍前倾。

握紧麦克风的秋好，就站在我的眼前。

"从那时起到现在，我真的是从心底热爱着摩艾。我过得很开心，即使遇到了很多挫折，我仍始终满怀希望，度过了大学四年。"

我的深呼吸与秋好的深呼吸这一刻重合在了一起。

"但是，另一方面。"

出现了几秒钟的沉默。

"我……"

秋好再次发出的声音，好像是在告诉我，她在用力抓紧自己的情绪。

"我为了自己，借用了很多人的力量，我以他们为牺牲品，然后我又背叛了他们。"

我听得出来，她的每一句话都说得如在咬紧牙关般用力。

"真的很感谢那些支持过如此空洞的我的人们，我本想怀着这份感谢，带领摩艾走下去的。但事实上，我却对某些人弃之不顾。可能现场就有人是这样想的，在场外一定也有人是这样想的。"

我……

"有的人，若是没遇到过我，本来能够获得幸福。"

我忘记了呼吸。

"当然，我也明白，有人把摩艾当作自己的安身之所，也有人和我一起快乐地推动着摩艾前进。对他们我不知道该怎么表达我的感谢。但非常对不起，我无论如何也不能无视因我而受到伤害的人们。"

……

"我以前总是在想,要是每个人都能得到幸福,该有多好。大家都能成为理想的自己,只要摩艾顺利地发展下去,就算是那些离开摩艾的人,相信他们也会认同摩艾。我一直深信理想。但我现在明白了,我是把他人当作牺牲品,才换来了今天的摩艾。我现在明白了,我只是一直在利用摩艾。"

沙哑的声音在我耳边低语。

"真的非常对不起。大家也许会认为我不负责任。可是我认为,我已经无法继续守护本应追逐理想的摩艾,以及与摩艾相关的所有人了。所以我只能这样做。对不起大家。我决定解散摩艾。真的非常、非常对不起。我已经没有办法了……对不起。"

四下里传来嘈杂的疑惑声。

我现在才终于想起有呼吸这回事,然后猛吸了一大口气。

突然,一阵前所未有的强烈呕吐感袭来,我冲出礼堂奔向了卫生间。

但结果我却什么也没吐出来,只有一些胃液涌到了口中。

原来我正在自己家的卫生间里。耳朵上挂着的耳机,已经被从电脑上拽了下来。

缓过神来,我跑出了卫生间,瘫在了客厅的地板上,但身体却在不停颤抖。

吹在心头的风比刚才更加冰冷。但我却感到周身无比炙热,好像身体就要燃烧殆尽了。

我明白。

这是因为我心中的后悔与羞耻。

后背渗出了汗水。

突然感到头皮发痒,我疯狂地挠了起来。

可现在,已经来不及了。

为什么我现在才意识到如此重要的事。

我终于明白了。

我根本就不想看到秋好受伤。

为什么事到如今才明白?这是我最想知道的。

以往的愤怒和不满明明都是真实的,可它们现在却像谎言一样转瞬间就化作了后悔和羞耻。

一直以来,我只是关注着受伤的自己。

因为我受了伤,所以可以理所当然地无视他人的感受;因为我受了伤,所以可以肆意毁坏;因为我受了伤,所以可以满不在乎地口无遮拦。

而对于他人所受的伤害,我却连想都没想过。

不仅如此,我甚至一直妄想秋好会对这一切照单全收。在那之后,她还会满不在乎地回我以笑脸。

到底是为什么?

为什么我从不曾认真地考虑过,秋好也会因为我的所做所为受到伤害？如果能早些想到，我是否会在口无遮拦之前多想一想呢？

我会犹豫吗？

我如果真是懂得犹豫的人，也许就不会想要伤害她了，不是这样吗？

我对秋好的人格视而不见，胡思乱想，然后擅自行动。

实际上，我从没有把秋好当作一个真实的人来看待。

我只是擅自把她定格在了记忆中，想当然地认为她不会受伤。自私的我仅是盯着那段与她的回忆而已。

就在刚才，我还在想为我与秋好的关系画上句号，然后再把结局美化。

而我确实画上了句号，也美化了结局。

我早已不再去关注现实中的秋好，还单方面把我们的关系推向了终结，然后再美化结局。

我又假借朋友之名让自己对她失望。

我想要伤害一直把我当作朋友的人，也真的付诸行动了。在伤害她的时候，我没有任何犹豫，仅仅单纯地希望在她心头也能留下一道和我一样的伤痕。

为什么，会有这样的想法？

是因为，我受了伤，感到被他人伤害了。

因为我受了伤，所以我就可以随便伤害他人。哪里有这种道理？

在把一切搞砸之后，留给我的只有悔恨和羞耻。

我究竟是因为什么受了伤？我隐约地感到，那是因为我觉得自己被秋好当作了临时道具。

我本希望秋好能否定我的想法，但她没有。所以我受伤了。

终于想起来了，秋好曾说过"不是那样的……"，却没有继续说下去。

也许她那时就明白了，这世界上根本没有人能对此做到彻底的否定。

身处社会中的人，都会在某一时间被他人所需要。与此同时，每一个人也都会在某一时刻需要他人。

朋友、恋人、家人、后辈、前辈、上司、下属……这样的关系太多了。我们都会因为某些一时之需去借用周围人的力量。

孤单的人找到另一个孤单的人，把对方看作朋友，就是如此；不被理解的人，寻找能够理解自己的人，也是如此；甚至说，重病卧床的人，需要一个能够照顾他的人，还是如此。

我也做过同样的事，在不同的时间，不同的地点。

因为需要，我利用过秋好、董介、川原，我对他们做过同样的事。

被他人为满足自身一时之需所利用，并因此受伤，这根本不能成为伤害他人的理由。

也许，我们根本不应该感到自己受了伤害。

因为有人需要我。不是这样吗?

秋好与我搭话的时候,我难道不开心吗?有那一瞬间的喜悦就足够了。

将他人作为一时之需的解决方法,不也填补了我们心灵的缝隙吗?

也正因为我们可以填补他人心灵的缝隙,所以才被需要。

现在如果有人能补上我心头的大洞,那我就得救了。

我自己本可以做到这一点,但我却选择去伤害朋友。

怎么会这样?

现在回响在我脑海里的已经不再是昨天秋好的声音,而是我对秋好讲过的字字句句。

我……

都干了些什么?

不仅仅是秋好的人格,我甚至还否定了她的存在。

我现在终于理解了,之前干的那些事情都意味着什么,伤害他人又意味着什么。

我从心底想对秋好说一句"对不起"。

事到如今,我第一次产生了要向她道歉的想法。

然而,无论我等待多久,秋好都不会再出现在我的面前了。

"枫，你高中那会儿是什么样的？"

刚认识没几个月，秋好突然问了我这个问题。我也没有多考虑就回答了她。

"没什么特别的，跟现在一样。"

这不是在骗她。我只是觉得，以前的自己要比现在更容易相信周围的人，可我非常想要忘记，忘记那个又青涩、又易受伤、又脆弱的自己。

"秋好肯定高中的时候就是现在这样吧。"

可能她也听出了我话中的少许讽刺。

想要引人注目的秋好、坚信自己理想的秋好、自作主张称我为朋友的秋好，她独特的性格一定是与生俱来的，也恐怕不会改变了。我也只能有些无奈地接受这样的她。

在那个一如平日的食堂里，秋好却摇了摇头。

"虽然我不知道你指的是什么，但现在的我和高中那会儿可真的不一样。"

"难不成你是为了在大学重新闪亮登场特意转变了形象?"

"也不是那回事——"

秋好开心地笑了。

"高中的时候,我总觉得难以表达出自己的想法,也特别害怕别人批评我。但那样反而会和朋友吵起来。"

"真的?"

"真的、真的。"

我心里暗暗吃惊,还以为她天生就感受不到别人的白眼呢。如果现在的她还是高中时的性格,那么我想自己也就不会这样辛苦了。

"那你是在哪换的脑回路呢?"

"脑回路?"

"你是因为什么,变得不再害怕别人的批评的呢?"

对于我的问题,秋好似乎有些害羞,眉头垂了下来。

"现在我也害怕啊。"

我露出吃惊的表情,秋好继续说道:

"啊,我懂你的意思了。不是,我当然害怕了。我也一直在担心,自己的行为会不会遭到白眼。高中的时候,就一直停留在了担心的阶段。所以你说我的脑回路发生了变化,还不如说是我成长了。"

对于"成长"这个词,那时的我还没有什么感触。

"既然害怕,那干吗还要主动去做那些让自己害怕的事呢?"

我把想法随口说了出来。那时的我只有在秋好面前,才会如此畅所欲言。

秋好想了一会儿,又摇了摇头。

"我觉得,成长指的不是无视自己的弱点。我们都有弱小的一面,人们无法轻易地改变自己的本性。只有承认自己的弱点,这才叫成长。虽然承认本身就能让人多少获得些成就感,但我不是这样。我想,哪怕只是一点点的改变,虽然还是害怕,但我仍然想继续前进。"

她那哪里是"一点点的改变"?真是大言不惭。听到她的话,已经蒙掉的我心里如是想着。

一直以来，我什么、什么都不了解。

胸口处传来一阵阵如刀绞般的剧痛，血液在体内以异常的速度涌动，恍惚中我冲出家门。

沿着公寓楼梯下楼时，我不小心踩空台阶崴伤了脚。但关节的痛楚与我体内的剧痛相比已经不值一提。

我跑到停车场，跨上自行车，却一下子踩空踏板，连车带人摔了出去，撞倒了旁边的几辆自行车。忍着疼痛，我重新坐到自行车上，再次用力蹬起踏板。

尽力骑出最快的速度，我终于上路了。

我的目的地是秋好租住的公寓。我现在还清晰地记得那里的位置。

快些，再快些，我要见到秋好，我有话要对她说，这是脑袋里此时唯一存在的念头。我拼尽全力蹬着自行车。

我要诚心诚意地向她道歉。

告诉她我干了可怕的事情，告诉她我伤害了她。

车头劈开迎面吹来的风,甚至撞到了行人的背包。我听到身后传来对我的责骂声。若是平常,我肯定会停车道歉。但现在我一心只想见到秋好,其他事已经顾不上了。

不,不对,不仅如此。

实际上,不只是现在。

一直以来,除了秋好,其他的一切都无足轻重。

所以我才会干出那样的事情。

意识到心中的真相,胸口再次袭来剧痛,我的喉咙里又泛起了一阵恶心。

我拼命地蹬着车,终于看到了那栋我曾经来过许多次的学生公寓。骑过秋好每天等车的公交站,终于来到了她的公寓前,我急忙跳下车。

把自行车丢在原地,我跑去公寓的自动锁前输入了秋好的房间号。这样她应该就能听到门铃声了吧。此时,我已完全感觉不到紧张,因为沉重的罪恶感,还有昔日的友情现在已经把我压得喘不过气。摁过门铃等了有一会儿,却没有任何回应。

我又摁了一次,但仍没有什么动静。我跑到公寓的另一侧,用手数着楼层找到了她房间的阳台。屋里没有亮灯。

她应该还没有回来。

要不就在这里等吧。我在秋好的公寓楼下站了一会儿,但实在无法安心等下去。我又跑回公寓门前,扶起倒在地上的自行车,跨了上去。

这次，我朝着大学校园骑去，那里才是学生们的大本营。手机什么的都落在了家里，我此时无法和任何人联络，甚至不知道现在是几点。然而现在比起动脑，我要先让自己的身体动起来。

我再一次用尽全力蹬起踏板。

很快就到了学校。除了月光之外，少有照明的校园此时一片漆黑。幸好校门还开着，我径直骑进了学校里。

秋好她在哪里？究竟在哪里？偶遇也好，怎样也好，我只期待可以见到她。

这样想着，我便一边骑着车，一边四下张望。突然，前轮发出一声刺耳的声响，待明白过来时我已经整个人都摔在了沥青路上。

"好疼……"

手肘和膝盖着地，脑袋磕到了人行道的路缘石上。我忍着剧烈的疼痛慢慢站起身，开始四下寻找自行车。自行车就倒在不远的地方，可能是撞坏了前叉，所以车头歪得非常厉害。自行车坏了倒不算什么，但我现在失去了能快速移动的交通工具。

我多想尽快见到秋好。

内脏再次受到了挤压，胃液随之涌了上来。

我将嘴里的沙子一并吐了出来。

我想奔跑起来，但膝盖的疼痛却阻碍着我。但是不跑起来的话，内脏只会更痛，就好像有人用烧红的铁棒抵着一般。

秋好此时可能在研究室，或者在摩艾的活动室，或者她根本就不想再来学校了。

我用已经变得麻木的脑袋想着。终于，我明白自己能去的只有一个地方。于是我便向着研究室赶去。

我尽力加快自己的步伐，朝着研究室的方向疾步走去。

快一些，再快一些。我得趁秋好走掉之前，趁一切都无法挽回之前赶到。

再快一些。

……

突然，我停住了脚步。

没有什么理由地停了下来。

不是因为有谁从我眼前经过，也不是因为迎面吹来一阵强风，更不是因为疼痛让我迈不开脚步。

但这些也许又都是我驻足不前的理由。

我忽然间从梦中清醒过来。

我这是为了什么？

是汗滴流进了右眼吗？我有些看不清了。我努力睁大左眼，眼中映出的世界比刚才要清晰了许多，也寒冷了许多。

或许是伤口带来的疼痛让头脑稍稍冷却了下来。不，或许从一开始就注定会有醒过来的这一刻。

我从幻想中跌落出来。

那个事已至此秋好还会接受我的幻想。

刚才的那股拼命劲儿,此刻看起来倒有些不可思议了。

就算见到她,我该做什么,我又能做什么呢?

我想为对她的伤害向她道歉,想由衷地告诉她都是我自己的错。

那就算道了歉,又有什么用呢?道歉这事,说穿了不过是另一种自我满足。

我希望得到原谅,与她重归于好,希望她不再记恨我。

但这些对她来说,又有什么用处呢?

而且,我竟然还觉得她会原谅我。

做出了那样的事,犯下了那样的错,我要怎样才可以挽回呢?

呼吸声和心跳声在我的耳朵边异常强烈地回响。

手肘和膝盖传来一阵阵的疼痛。

我心想,还是回去吧。

这不过是我又一次毫不顾及秋好的想法的冲动。

她怎么可能会想再见到我呢?

对她说了那么多恶毒的话,还毁掉了她四年来的努力,即便我们曾经是朋友,又能要她怎么样呢?

现在的秋好对我肯定只剩下纯粹的厌恶。

她绝不可能会想再见到我。

她根本没有理由,来见我这个可恶的人。

那我为何还要再去惹人厌呢?

如果真会发生这样的情况，如果真的变成那样……

尽管脑袋中回响着各种重物撞击的声音，我仍拼命地思考着。

突然，一个想法被我从这片混乱的思绪中打捞上来。但我却迟疑了。

我陷入了犹豫，某种极度的犹豫，但还是再一次迈出了脚步，向着研究室走去。我一步一步地向前走去，为一点一点地缩短与那里的距离而迈出艰难的每一步。

胳膊在痛，双脚在痛，内脏在痛，全身各处都在痛，但我无暇顾及。

不知用了比平时多上几倍的时间，我终于走到了楼前。

和那些上完课就变得漆黑的教学楼不同，研究室还有几间屋子亮着灯。整个建筑看起来就像是一个蜂巢，而亮着灯的房间栖息着蜜蜂的幼虫。

我想找的房间好像还亮着灯。

不知秋好是否在那里，即使她在，我也不知道该跟她说什么。

即便如此，我还是必须见到她。

推开楼门，我走了进去。这里的温度比室外还要冷，我甚至感到自己的皮肤都在逐渐变薄。

值得庆幸的是电梯还在工作。我来到四楼，走进昏暗的走廊。我看到这一层只有一个房间还亮着灯，灯光透过房门上的玻璃窗照到走廊里。绝对不会错，我又一次感到庆幸。

站到门前，我忘记犹豫，敲了下门，里面立刻有了回应。

"请进——"

我想见的人，就在这扇门的另一边。

我握住门把手，转了下去，用力推开门。

"晚上好。"

"哎呀！"

发出声音的，不是我想见的那个人，而是站在门边的女生。她看着我，大叫起来："你这是怎么了？一身是伤！怎么回事？发生什么了？"

时隔许久没见过如此明亮的光源，我反而觉得有些睁不开眼了。正当我要回答那位被吓到的女生时，一个坐在折叠椅上抱着胳膊的男人先开口了。

"你是要找我吗？"

"……嗯，是的。"

"你的伤不疼吗？"

"很疼。"

我正想说自己还有更重要的事，那位看似这个研究室成员的女生却说了句"我去把急救箱拿来"，然后就打开房门跑了出去。

"不好意思，她就喜欢多管闲事。"

在我还没有反应过来时，椅子上的男人解释道。我摇了摇头说"没关系"，同时又朝他点了点头，说道：

"好久不见，胁坂学长。"

"前一阵还擦肩而过，我们的确好久没说话了。你这是怎么了？弄得满身是血。"

满身是血？我看了一眼自己的胳膊，伤势肯定比想的要更加严重，所以在大脑接收到疼痛信号之前，我赶紧抬起了头。

"其实是有事情想要问你，然后就过来了。"

"噢？这可不像你，你居然有想向我咨询的时候。嗯，说实话，我也很惊讶。"

胁坂没有因为我的伤势而感到吃惊，只是淡然地端起桌子上的茶杯喝了一口，继续说道：

"因为我一直觉得，你肯定很讨厌我。"

对于他的心里话，我的确不知该如何回答。

一阵不知所措之后，我低下了头，说道：

"对不起。"

道歉并不是因为我讨厌他，而是因为虽然讨厌他，但我还是厚着脸皮来找他了。

虽然我也可以敷衍过去，但若是那样，接下来我就不得不用一个新的谎言去掩盖上一个谎言了，所以我只得低下了头。

"我早就知道了，没关系的。你抬起头来吧。"

虽然看穿了我对他的厌恶，但胁坂还是一副轻松的口气。我按他的话抬起了头，但看到的还是那一副对什么都不在乎的表情。

"你真的很诚实，我以前就很喜欢你这点。人肯定都有自己的好恶。当然，我也好奇你讨厌我的理由。"

"理由……"

理由是什么呢？我思考了起来。

究竟用什么语言才能准确地表达我的心境呢？

我仔细地思考着，想了很久才明白过来，其实根本用不着费力多想。

理由从一开始就摆在那里，而且就只有那么一个。听过秋好在说明会上的录音，被懊悔和羞耻压得喘不过气后，我如今已经很清楚了。

可一旦要说出口时，它却又卡在了喉咙里。我又开始全身冒汗，内脏也痛了起来。

胁坂一直在等着我的回答。我吸了一大口气，也不在乎自己的音量，开口说道：

"秋好她……"

终于说出来了。

"秋好她眼里不只有我一个人了，就在你出现后，所以我讨厌你。"

我大声地说出我的真实想法，就像是从心底捞出陈腐已久的淤泥。

已经无法再骗自己了，我之所以厌恶摩艾，之所以厌恶某个人，一切的原因可能都在于此。就在刚刚，我承认了这个事实。

秋好说,我对她抱有爱慕之情,对此我不能认同。但无论如何,她都是那时的我唯一的伙伴,对我而言最重要的人,她不再只关注我,这让我难以接受。

因为这样,我才会做出那些蠢事不断地伤害她。

我必须面对这个事实,我也是为此才来到这里的。

把这些话说出来之后,我感觉四周的空气都变得稀薄起来了。难以呼吸,心跳剧烈到好像心脏就要从喉咙蹦出来。

原来接受自己的真实情感是如此痛苦。

胁坂绷着的嘴角稍稍松动了一些。

"是吗?我先说一个比较通俗的观点。没有人能够一直只关注一个人,但她那时却一直认真地关注着你。"

"……是的。"

我其实是明白的。明明只要稍微动动脑子,事实就显而易见。

"所以你要问我的,就是秋好的事吧?"

"是的。还有就是,你知道摩艾要解散了吗?"

"我知道。"

"那事是我干的。"

尽管我毫无遮掩地承认了自己干的坏事,但内心深处对曝光自己的恶行依然恐惧,甚至恐惧到胃都在收缩。

胁坂会怎么看呢?在我的想象中,他既不会疑惑,也不会愤怒。现实正如我所料,他只是说了一句"是吗"。这样反而加深了我的痛楚。

"你都做了些什么?"

胁坂向我提出了一个理所当然的问题,我是否该回答他呢?心中的懦弱让我想要省略掉对自己不利的内容,然后再来个简要说明了事。

然而,我还是把事实都讲了出来。从我想要粉碎摩艾开始,一直说到伤害了秋好。

并非是我足够强大到能抑制住心中的恐惧与懦弱。懦弱不会改变,只是我觉得再这样不堪下去,只会更加恐惧。

听完我的话,胁坂不假思索地开口说道:

"你可真是太差劲了。"

毫无掩饰,毫不顾忌。

"你说得没错。"

"在你离开摩艾之前,至少秋好经常在聊天时说到你。"

胁坂定定地看着我的眼睛。

"她也会抱怨你,但这也证明了她对你的信赖,还有你们之间深厚的友情。这次的事当然她也有错,可你却背叛了秋好对你的信任。"

"……你说得没错。"

关于这件事,这是我第一次遭到来自秋好之外的批判。但胁坂说的角度清晰,而且每句话都正中要害。

"那在此之上,你想问我些什么呢?"

不知胁坂是随和，还是单纯地不在乎，但无论如何我都庆幸他是个客观的人。

他现在给了我机会，让我说出来到这里的真正理由。

"为了摩艾……"

我虽然讨厌胁坂这个人，但若要成为被他厌恶的人，我还需要再多一秒钟的时间做一个深呼吸。

"我能为摩艾做些什么呢？"

我明白自己的话非常自私，这比表达出对他的厌恶还需要勇气。因为分明是自己亲手搞垮了摩艾，还亲手伤害了秋好。我明白，这话一出口就会遭到鄙视、谩骂，甚至是唾弃，但我还是要说出来。

"你觉得，你还能做些什么？"

他虽然没有说"事到如今"，但我却从那凝重的语气中听出来了。

我撑住摇晃的身体，抑制住想要从房间里落荒而逃的欲望。

"……对不起，我也不知道。真的想不出来。但我就是觉得，是不是还能再做些什么。"

"你为什么要找我？"

"……因为你与此事无关。"

我的话多少有些失礼，但胁坂的表情却没有出现明显的喜怒变化。

"对于摩艾来说，我已经是无关的人了。几年前，你作为外人，给了摩艾许多帮助，所以我想听听你的意见……"

不知为何，我没能说出"才来找你"这几个字。

胁坂又抱起胳膊，看向研究室的墙。我下意识地追随着他的视线，却发现墙壁上并没有什么特别的，不过是有个小孔。

"我有一个很单纯的问题。"

胁坂说道。

"你究竟是如何看待摩艾的？你之前毁了它，现在又想恢复它，究竟是为了什么？"

"是为了秋好"，我刚想这样说，却在一瞬间停住了。因为我知道事实不是这样，绝对不是。是我险些又要声称是为了他人，并以此推卸责任了。

我拼命地思考胁坂的问题。不是思考他想听到什么样的答案，而是扪心自问。

我在寻找一个不带有任何粉饰的答案。

最终，我得出了结论。

准确地说那不是想出来的，因为它原本就一直在我思绪的角落。

"我……"

几年来，我对这个答案一直视而不见，同时也不想让别人发觉它。

然而除了这个答案，已经没有什么能代表我的真实想法了。

"我一直都想留在摩艾里。"

没错,仅仅是这样。

答案仅仅就是这样。

如此单纯的答案,我却始终没能对秋好说出来。

如果能早些说出来的话,说不定一切就都还来得及。

即便不是之前争吵的时候,两年前,一年前,甚至一个月前,我都是有机会的。一切本应都来得及。

我要是能鼓起勇气,给秋好打通电话,约她出来再对她说,我想回到那时的摩艾,那该有多好。

可惜我并没能说出口,我一直在阻挠自己。

尽管这并不丢人,也毫不需要难为情。

即便丢人且难为情,但如果我不敢迈开大步,甩开这些想法,那么最后只会让自己更加凄惨。

我一直都没能明白。

原来这就叫作"咽下懦弱的苦果"。

现在终于明白了。

但已经来不及了,已经无法回到从前了。

我已经再也不能回到那个地方了。

"我希望那时的摩艾可以永远延续下去。就是这样简单的想法,真的,只有这些。"

我的呼吸变得急促,很难再组织出连贯的句子。

胸口依然被刺痛着。

我一边忍受这份疼痛,一边想到,秋好的痛苦岂是我的能够相比的。

无法理解的痛苦,注定要更疼。

胁坂听完我的话,脸上依然毫无波澜,只是点了点头说道:

"是吗?但即便现在你能做什么,估计也无法找回那个想要的地方了。"

我很清楚。

"即便如此,也可以吗?"

我努力地深呼吸了几下,然后用力地咽了一下口水。

"我觉得这样很可悲。"

已经不能再遮遮掩掩的了。

秋好不再专注于我,这让我感到异常失落。我不能再无视这个事实,然后再去伤害她了。

"因为现在仍然有许多人希望把摩艾作为自己的归宿,就像以前的我一样。"

"原来如此。"

从开始到现在,胁坂第一次深深地点了头。

"也就是说,你只是想要拯救过去的你。"

仔细咀嚼着胁坂话中的意思,试着去理解,然后我也点了头。

"……是的。应该就是那样。"

的确如此。

我已不能再继续掩饰了。

听完我的回答,有几秒钟胁坂不知在想什么。

他歪着头看着我,扬起了嘴角。今天还是第一次见他露出笑容。

"对了,你要是一直站在门口,你后面的女生就进不来了。你能让一下吗?"

我扭过头,刚刚飞奔出去的女生正尴尬地站在那里,手里还拿着急救箱。我边向她点了点头,边给她让开了路。她急忙走进屋里,指着折叠椅对我说:"快坐下!"

看着这情景,胁坂哧哧地笑了起来。

"不好意思,她就是这么喜欢操心。"

说完,胁坂便站起身拎着挎包准备出门。虽然旁边的女生正在给我的伤口消毒,但看到胁坂要走,我便不管不顾地想要站起来叫住他。话未出口,胁坂忽然转过了身。

"再联系吧。"

胁坂离开了研究室,与此同时我则被身旁的女生生生地摁在椅子上。

不好拒绝她的好意,我便只能听话地任她帮我处理伤口。她好像想到了什么,微微地笑了。

"他就是爱多管闲事。"

而我始终盯着墙上的小孔。

要是春天可以再久一点该多好啊，我一边把胳膊穿进衬衫的袖子里一边想着。吃着切片面包和从便利店买回来的沙拉，我又慢悠悠地喝下一口咖啡。这时，手机突然响起，收到的消息里催促我"赶紧出门"。

"好期待能快点见到你。"

严肃的行文为何最后以这句话作结尾？之前和发来消息的人联系时，我就在想，在彬彬有礼的同时还不缺少一分可爱，这也是一种技巧。

喝完咖啡，我简单地冲了冲杯子，就把它放到了水池里。套上夹克，又拿起朴素的公文包，这就是我现在每天的样子。若是平日，一旦进入这个模式后，我都会稍稍地感到心情沉重，但因为今天的目的地不一样，代替沉重的是些许轻松。

我看了一眼时钟，距离要坐的那班电车发车，还剩不到二十分钟。从家里走到车站需要十五分钟左右。认真的我在步入社会后也仅仅迟到过为数不多的几次。所以为了保持住这一良好的习惯，我提前出了家门。这时隔壁的大姐好像是刚刚慢跑回来，我们互相打了招呼。这所公寓的墙非常厚实，即便跟女朋友吵架了，隔壁的大姐也完全听不到，所以我很中意这里。

走到车站刚好用了十五分钟，但我额头上还是渗出了汗水。分明是春天，却已经如此炎热了，我不由得狠狠地瞪了太阳一眼。

穿过进站口来到站台，电车很快就到了。距离我公寓最近的车站正好是终点站，所以总是有座位，这也是我十分中意自己家的另一个理由。

从这里坐一个小时左右的车，就能到达今天的目的地了。

在考虑着今天该说些什么时，我却不知不觉睡着了。等发现已到了换乘站时，我急忙冲出了车厢。

在地铁车厢里又摇晃了十五分钟之后，我终于抵达了距离大学最近的车站。上学的日子里，每天都会从这里经过。今天是周六，车站里人比较少，而且时间也还多少有些富余，所以我从车站的自动售货机里买了一罐咖啡，津津有味地喝了起来。

直到又一趟地铁列车从眼前经过，我才再次向着学校出发。近年来开始衰退的体力让我不得不在与双腿做了一番商量后，还是决定乘扶梯将自己送到地面。

穿过大学的正门，不需要特意看地图，我便向着校园里最大的食堂走去。当时很喜欢这里的炸鱼饼，可惜今天食堂不营业，这多少让我感到有些遗憾。

离目的地越来越近了，学生们的身影也逐渐多了起来。在食堂前的拐角，一位活力四射的女生向我打了个招呼，而我则马上露出了连自己都很满意的标准"营业笑容"，向她点头致意。当然，做完后还要回想一下自己刚才的礼仪是否得当。

食堂前面摆了一张长桌，那里坐着三个学生。与最先和我对上目光的女生聊了一下，才发现她可能和我差不多一样紧张。

"你好，我是田端枫。"

我拿出口袋中的名片盒，抽出一张名片递给她。女生毕恭毕敬地收下了，然后对照着公司名和人名在登记簿相应处用记号笔画了个对勾。

"谢谢您今天特意前来，您一进入会场就会有人为您发放资料和提供饮料，请您去领一下。"

"好的，谢谢。"

这次我尽量保持着自然的笑容踏进了食堂。冷气开得不是很强，这对身体有益。按照刚才那位女生的嘱咐，我领到了茶和资料，便向会场深处走去。与留在记忆中的食堂相比，此时这里已经把桌子都撤得一干二净，只剩下些椅子被摆成了几个圈。在会场一边较为显眼的位置摆着一台投影仪,估计主持人一会儿会站在那里。这时,人群中突然跑出了一个女生。

"早上好。感谢你今天在百忙之中前来参加我们的活动。"

"好久不见了。"

看到熟人,我总算放下了心,恐怕这是今天我露出过的最自然的表情。

"都有一年没见了。还不是因为田端学长总是躲着我。"

"没那回事。只是一直都不凑巧罢了。对了,董介让我带一句话,他说今天不能过来了,很抱歉。"

"是不是又有新姑娘了?"

露出一脸玩笑表情的川原此时已经不见了曾经闪烁在耳朵上的银耳环。现在的她已经穿起了让人更习惯的竖条纹正装,有了些社会人士的样子。

"不过真的要谢谢你能来参加我们这次临时的活动。我一直都以为你不太喜欢谈自己的事,所以我还在校的时候也都没有邀请过你。这次你答应能来,我真的非常吃惊。"

"是啊,光看你发来的信息,我就知道你有多惊讶了。是这样啊,若是不接受邀请,可又要被你踢了。"

"那都是多少年前的事了!而且那时候我喝醉了啊。小心眼儿。"

"跟你不一样,我可不是不良青年啊。"

我们两个人诡异地笑了。这时,"试音试音"的音响测试声响彻了食堂。我看到一位高个子的男生正端着麦克风，看得出他很紧张。

"大家好，谢谢大家来参加本次活动。"

礼貌的开场白后，主持人宣布活动即将开始，并向我们也提了几个要求。场内整齐地摆放着椅子，我和川原按照要求一边到指定席位就座等待，一边阅读资料。资料做得非常完美，连我都不由得佩服起来了。

"你看，做得不错吧？"

川原在身旁对我说。

"今天之所以叫你来，是为了让学生们跟你见见面，但其实也是想向你展示一下，我们这五年来的成果。"

她果真有这个水平，或者说这是一种才能。看着有些羞涩的川原，我在心中佩服地想。

又过了一会儿，虽然已到了活动预定开始的时间，但好像还有人没有到场。而已在现场的我们则抓紧时间跟学生们进行分组交流。第一轮分组是按照学生们想要就职的方向划分的，所以我和川原被分到了不同的组。就在进入各自的交流组前，她竟然威胁我说："你要是敢欺负我的学弟学妹们，我就踢你。"

我被带到了指定的小组，这里的椅子已摆成了一圈，就像要开生日派对那样，有几个学生已经坐在那里等着了。"还请您多多指教。"学生们纷纷用着不同的声音和语气和我打了招呼。我也只得再次以不自然的笑容依次回应了他们。

"现在开始第一场小组交流,如果大家有什么问题,请随时向现场的社团成员咨询。下面就拜托大家了。"

学生们都在用充满期待的目光看着我,这感觉太让人紧张了。可无论我紧张与否,活动还是开始了,这种感觉就好像自己一下子成了老师一样。

"大家好,我叫田端枫。今天由我来给大家分享经验。"

我打算先从轻松的话题讲起。

"我是第一次参加这样的交流会,所以现在很紧张。希望大家提的问题不会太难回答。这次呢,我是受两年前毕业的前会长川原里沙同学之托,来给大家分享经验的。"

在座的学生都认真地听着,但我确实没有拿得出什么有趣话题的能力,结果还是讲起了自己的工作内容。

我向大家介绍起自己工作的公司、日常的业务、主要的顾客群体,还有工作的意义。这些内容基本就像是照搬企业招聘会上的东西。

讲得不好也没办法,谁让我还是学生的时候,就从来没有认真听过别人讲这些。要是当时能懂得偷师,学到一些他们的说明技巧就好了。

万万没想到,我如今会站在一名公司职员的立场上来进行介绍。这要是让学生时代的我听到,肯定不会相信。

在座的学生们始终一脸认真地听着。在讲完与工作相关的内容之后,接下来就到提问环节了。我一边暗自担心着万一遇到了刁钻的问题该怎么办，一边回答了几个关于工作时间、人际关系方面的问题。这时，一个胸前挂着名牌的学生举起了手。我在刚才的资料上看到过他的脸，他是摩艾的正式成员。

"如果您方便的话，能不能给我们讲一讲您学生时代有益的经验，或者是让您得到成长的经历？"

我被问了这样一个问题。

我觉得这个问题肯定是他从什么手册上学来的。摩艾运营的主题就是成长，因此他们一直把成长当作活动的关键词，才会对这些话题感兴趣。

有益的经验、学到的东西……关于这些，我的确想起了某件事，但即便跟他们讲了，又有什么益处呢？想到这儿，我一度否定了头脑中的想法。

但我马上又重新拿定了主意。

即便对他们没有什么用处，那又有何妨？就算对于他们的成长不会直接产生什么作用，或许只是让他们知道，说不定就是件好事。哪怕他们只是从我的讲述中，筛选出一部分对自己有用的东西，那就足够了。

我用目光扫过每个人的眼睛，然后开始讲道：

"现在要讲的倒不是什么好的经历，但我在经过这件事后，获得了很大的成长。"

我做了一次比平常更深的呼吸，继续道：

"我伤害了对我来说非常重要的人，所以非常后悔。"

交流组内的空气顿时变得沉重。

为了配合这种氛围,我特意把语调压低。

"在我还是在校生的时候,我伤害了一位宝贵的朋友,践踏了她所有的心血。"

一个稚气未脱的学生突然屏住了呼吸,他应该是大一新生。

"即便后悔也为时已晚,因为后果早已无法挽回。"

我在脑海中筛选着简单易懂的词语。

"我并不讨厌她,反而是尊敬她。所以当我觉得,她的举动在我眼里是一种错误时,我就一定要纠正她。正是因为这种自我中心的想法,才造成了无法挽回的结果。说不定在座的各位中,有人也有类似的经验。"

一个男生轻轻地点了点头。

"我已经不可能再与她和好如初。"

如今已是成年人的我,道出了自己的心声。

"即便到了现在,我仍旧非常后悔。这样说可能稍显不妥,但我能意识到自己的悔恨,这真的是很幸运。伤害他人带来的悔恨,如今就植根在我的心中。所以我现在才会尽可能真诚地对待他人,才会想要变得更加坦诚。"

虽然我并不知道,现在的自己有没有做到这一点。

"我再也不想犯下同样的错误,也再不会去想要伤害身边那些重要的人了。这件发生在学生时代的事情,现在无论是在生活中还是在工作上,都对我产生了很大的影响。

这话说出来有些难为情,但我现在想一点点地改变自己,不再去伤害身边重要的人,而是成为他们的归宿。"

我总算在结尾把讲出来的东西总结到了一起。

在他们面前试着讲出了那件事之后,我忽然意识到,也许我就是为了在今天讲述这些,才会来到这里。也许我就是为了有朝一日能讲述这些,才挺过了那段日子。

我提高视线偷偷观察着在场每个学生的表情,想要催促他们继续提问。

突然,我看到了她的眼睛。

我与她四目相对。

我以为在场内四下走动巡视的只有摩艾成员。

但现在,我看到了正站在学生身后、观察着我们讨论的她。我用余光看到了她,不用怀疑,她就在我视线的那一端。

目光交汇,我瞬间停止了呼吸。

她有些犹豫地点了下头。就那么看着我,嘴刚刚要张开却又闭上了。

川原曾和我说过,她今天不会来。

身着正装的她,一直注视着我。

"田端先生,您怎么了?"

听到交流组的成员在叫我的名字,我才感到停止的时间终于又流动了起来。"不好意思,"我有些慌张地答道,"你看我这个回答能解决你的问题吗?"

等我再次抬起头，她的身影已经消失不见了。

那也许只是幻觉，从我的伤口中诞生出的迎合心中愿望的幻觉。

第一轮交流结束，我草草地做了结语就站起身来。虽然希望渺茫，但我还是搜寻起她的身影。

就算她刚才在那里，也肯定不是为了专程来看我。即便这样想着，我仍然开始拼命地四下寻找。

主持人宣布休息时间结束，但我却没有放弃努力，仍旧拼命地睁大了眼睛。

出乎意料的是，我竟然轻易地发现了她。

就是那个背影，此刻正一个人向食堂出口走去。

反应过来的我一脚迈了出去。

就算那只是幻觉又如何？

我并不打算做什么，也不觉得自己能做些什么。

但我还是迈开了双脚。

到底要做什么？已经奔跑起来的我开始思考。

很快，我就冲到了食堂外。环视四周，她就在那里。

在林荫道上，我看见她的鞋子踩过落叶。

这不是幻觉。

我距离那抹纤细的背影如此之近。

只要稍稍快步便能触到她的肩膀。

那时，我和相遇不过才几个月的她经常并肩走在林荫道上。现在，那个熟悉的肩膀就在那里。

想要叫住她。

但无法克服的恐惧拦住了我。

自己的任何行动都可能让别人感到不快。

不想再去伤害,可怕的感觉。

……但是……

我想,再一次,再一次见到你。

往日那个犯错的自己,那个懦弱的自己。

还有那个与我截然不同的你。

如今,我能欣然接受这一切。

正是因为有你,我才决心成为那样的自己。

曾经的谎言如今变成了现实。

加快脚步,追逐她的背影。

当然会恐惧,我毫无变化还是那个自己。

可能会被视而不见,可能会被拒之千里。

无视我也好,拒绝我也罢。

到那时,再好好面对受伤的自己。

本作品纯属虚构，与现实中的人、组织、团体、姓名等没有关联。本作品于2017年4月至2018年1月连载于《文艺角川》。刊行过程中有一定修订。

AOKUTE ITAKUTE MOROI
©Yoru Sumino 2018
First published in Japan in 2018 by KADOKAWA CORPORATION, Tokyo.
Simplified Chinese translation rights arranged with KADOKAWA CORPORATION, Tokyo
through JAPAN UNI AGENCY, INC., Tokyo.

著作版权合同登记号：01-2020-1571

图书在版编目(CIP)数据

又青又痛又脆 / (日) 住野夜著；芮朗译. -- 北京:新星出版社, 2020.7
ISBN 978-7-5133-3854-7

Ⅰ.①又… Ⅱ.①住… ②芮… Ⅲ.①长篇小说—日本—现代 Ⅳ.①I313.45

中国版本图书馆CIP数据核字(2019)第259641号

又青又痛又脆
[日] 住野夜 著；芮朗 译

责 任 编 辑:	汪 欣
特 约 审 校:	李 昊
特 约 编 辑:	李笑男
责 任 印 制:	李珊珊
装 帧 设 计:	北京柒拾叁号文化有限公司

出 版 发 行:	新星出版社
出 版 人:	马汝军
社 址:	北京市西城区车公庄大街丙3号楼 100044
网 址:	www.newstarpress.com
电 话:	010-88310888
传 真:	010-65270449
法 律 顾 问:	北京市岳成律师事务所
读 者 服 务:	010-88310811 service@newstarpress.com
邮 购 地 址:	北京市西城区车公庄大街丙3号楼 100044
印 刷:	北京天恒嘉业印刷有限公司
开 本:	889mm×1092mm 1/32
印 张:	10.25
字 数:	179千字
版 次:	2020年7月第一版 2020年7月第一次印刷
书 号:	ISBN 978-7-5133-3854-7
定 价:	48.00元

版权专有，侵权必究；如有质量问题，请与出版社联系调换。